Mathieu Schaller

Le Trésor des Passions

Le puits de Triana

Tome 3

© 2024 Mathieu Schaller. Tous droits réservés.

Édition : BoD · Books on Demand GmbH, In de Tarpen 42, 22848 Norderstedt (Allemagne)
Impression : Libri Plureos GmbH, Friedensallee 273, 22763 Hamburg (Allemagne)

Illustration inspirée de : daddydoescovers (prestataire Fiverr)
(Police des titres: Vectis W01 made from http://www.onlinewebfonts.com/)

ISBN : 978-2-3224-7905-4
Dépôt légal : novembre 2024

À propos de l'auteur

Né à Lausanne en 1993, Mathieu Schaller adopte très tôt un attrait pour les démarches créatives. Nourri d'une imagination florissante, il laisse son esprit construire des intrigues puisant leur source dans des sujets importants à ses yeux.

Animé d'un vif intérêt pour les lieux anciens et le patrimoine, il observe depuis toujours avec admiration les monuments historiques et autres vestiges du temps passé, n'hésitant pas à les visiter si l'occasion le lui permet. L'envie de partager avec autrui ses connaissances et découvertes le mène à l'ouverture de sa chaîne YouTube *Emixplor* pour présenter les endroits qui le fascinent. Parallèlement, il se lance dans la rédaction de son premier roman, *Le Trésor des Passions*, récit qui lui permet d'explorer une nouvelle façon de partager les monuments du passé et dont il publie le premier tome fin 2022.

Avertissement

Le récit se base en partie sur des faits historiques. Pour les besoins de la narration, j'ai pris la liberté d'y ajouter des éléments fictifs. Les lieux visités par les protagonistes se veulent en grande partie inspirés du monde réel. Cependant, en raison du temps nécessaire à la rédaction et à la finalisation de l'ouvrage, il se peut que ceux-ci aient changé depuis. Certains endroits sont également issus du fruit de mon imagination, mais j'ai accordé un grand soin à leur description afin qu'ils paraissent authentiques à vos yeux.

Les protagonistes de l'histoire possèdent des croyances et valeurs qui leur sont propres et je ne les revendique en aucun cas à titre personnel.

CHAPITRE 1

Les bras fins et délicats qui pressaient son dos contrastaient fortement avec les siens, durs et épais, enroulés autour des épaules de Stacy. Une puissante chaleur sortait de ce corps qu'il avait tant aimé, diffusant en lui une énergie fraîche et une joie oubliée depuis trop de temps.

Le nez enfoui dans ses longs cheveux ondulés, Luis savoura cet instant de bonheur. Il sentait contre son torse les tremblements de son amie, submergée d'émotion. Tendrement, il lui caressa la tête alors qu'elle resserrait encore son étreinte, comme effrayé de le voir se séparer d'elle. Mais lui savait qu'elle n'avait pas peur. Il le sentait. Quelque chose d'autre habitait la jeune femme.

Il se remémora alors cet instant où, pour la première fois depuis près de trois jours, il avait entendu sa voix.

— Vous êtes toujours à Madrid ?

Ni doux ni aigri, ce timbre pourtant inhabituel avait immédiatement réconforté Luis. Le combiné du téléphone lui avait littéralement fait traverser l'Atlantique, et toute l'anxiété qu'il avait accumulée jusqu'au moment où elle avait décroché s'était aussitôt envolée. Un sentiment de bien-être s'était répandu en lui, comme s'il se fût trouvé juste à côté de Stacy.

— Vous êtes toujours à Madrid ? Je n'ai pas beaucoup de temps !

À ces mots, l'Américain avait levé les yeux vers les grands escaliers qui descendaient dans le Hall de Napoléon, sous la pyramide de verre.

Comment lui expliquer ?

L'enthousiasme suite à sa découverte sur le tableau de Rigaud n'était pas retombé qu'il s'était décidé à essayer de lui téléphoner aussitôt pour la lui partager. En espérant qu'elle réponde. Et l'appel n'avait sonné que quelques secondes dans le vide.

— Stacy, je...
— Vous êtes où ?!
— Je suis...

Pressé par le ton sec de son amie, Luis s'était ravisé.

— *Hostal Carlos III*, près de...
— Bougez pas de là, j'arrive dès que possible !
— Quoi ? Mais comment...
— Soyez prudents !

Et elle avait raccroché. Mais cela avait suffi pour l'apaiser. Toutes les horribles images auxquelles il avait pensé s'étaient aussitôt envolées de son esprit. Et maintenant, ils étaient là, tous les deux, étroitement enlacés par cette émotion si intense qu'ils n'avaient pu partager depuis leur séparation. Pourtant, quelques questions le troublaient encore : les hommes en noir de Tunis étaient-ils bien des agents du FBI ? Pourquoi avaient-ils enlevé Stacy ? Que lui avaient-ils fait ? Et Chris avait-il joué un rôle dans cette histoire ? Il semblait véritablement vouloir surveiller son épouse.

Et même plus que surveiller : contrôler, avait-il conclu.

Mais il avait confiance en son amie. Il était persuadé que quelque chose avait changé en elle depuis leur séparation à Tunis. Il l'avait senti dans sa voix lorsqu'ils s'étaient appelés, et il le sentait encore plus fortement maintenant, alors qu'elle faisait échapper de chaudes larmes contre son buste musclé. Lui-même n'avait pu empêcher quelques perles salées de glisser de ses yeux en repensant à l'immense inquiétude qui l'avait habité ces derniers jours.

— J'ai eu tellement peur pour toi, lui souffla-t-il à l'oreille.

Luis rouvrit les yeux et releva la tête, laissant la fine chevelure de son amie retomber derrière elle. En se reculant, il sentit son estomac se serrer face au visage réjoui de Stacy. Quelques détails l'avaient frappé lorsqu'ils s'étaient retrouvés, mais Luis avait été bien trop impatient de l'étreindre pour y prêter plus attention. Maintenant que leur joie avait été partagée, il s'attarda avec frayeur sur ses traits inhabituels.

Sous son sourire jovial, la lèvre inférieure de son amie était toute boursoufflée et présentait une blessure violacée toute récente. Tristement accordé à cette teinte, un énorme hématome recouvrait sa joue gauche sur laquelle perlait encore une gouttelette de pleurs.

— T'inquiète pas pour moi, répondit-elle en devinant ses yeux rivés sur ces lésions. Je vais bien.

Elle le regarda, pleine d'assurance.

— Je suis là, Luis. C'est terminé.

Derrière sa voix conciliante, Luis sentit un ton résolu et perçut comme une lueur d'hostilité dans ses pupilles. Peu convaincu toutefois, il finit par acquiescer en lui adressant un sourire timide.

— Allons prendre un café, Eddy ne va pas tarder.

Quelques minutes plus tard, celui-ci les rejoignit et, après avoir chaleureusement embrassé Stacy à son tour, prit le même air affligé que Luis en voyant les blessures sur son visage. Discrètement, ce dernier lui fit signe de ne pas s'en inquiéter.

La vérité finira par sortir.

— Alors Luis, amorça Eddy en s'installant à table, chargé d'une copieuse assiette de petit déjeuner, tu as retrouvé la voie de la raison ?

Stacy leur lança un regard confus. Elle ignorait encore tout de son aventure parisienne, et Eddy n'était pas beaucoup plus avancé qu'elle. Lorsque Luis était rentré à Madrid, la veille au soir, il avait espéré revoir Eddy à l'hôtel pour lui raconter le secret qu'il venait d'arracher au tableau de Rigaud. Mais c'est une chambre vide qu'il avait trouvée en arrivant, et il s'était rapidement assoupi sur son lit. Et ce matin, Luis s'était empressé d'être prêt dans le hall pour surveiller l'arrivée imminente de Stacy, ayant juste eu l'occasion d'informer Eddy à son réveil qu'il devait s'apprêter au plus vite.

— Je crois en effet qu'il est temps pour vous de connaître la suite des opérations, répondit-il simplement.

— Pour nous ? Mais Eddy…

— Ouais, vas-y… l'interrompit Eddy sans lever les yeux. Raconte ce que t'as trouvé à Paris…

Luis dénota chez son ami un léger regret de ne pas lui avoir fait confiance pour la piste du Louvre. Il l'observa quelques secondes tartiner son toast d'une généreuse couche de beurre puis se jura aussitôt de lui avouer dès que possible qu'à aucun moment, il ne lui avait reproché son choix de cesser les recherches de l'or inca. Bien au contraire, il comprenait les motifs de sa décision. Mais maintenant qu'un véritable indice avait été retrouvé, plus rien ne pouvait les arrêter jusqu'au trésor !

Un large sourire se dessina sur ses lèvres à cette pensée et, alors qu'il s'attaquait à son tour à son assiette, Luis reprit tout le récit depuis le début, depuis ce moment à l'aéroport de Tunis où, impuissants, ils avaient reçu le message de Stacy par ce petit monsieur, jusqu'à leur séparation, quand Luis s'était décidé à partir au Louvre. Il narra en détail tous les éléments qui l'avaient mené à monter cette hypothèse, ne manquant pas de préciser chacun des faits historiques qui unissaient les grandes familles royales d'Espagne et de France, puis résuma son voyage à Paris sans rien omettre, pas même la curieuse rencontre du jeune Jim.

— Et alors, tout à coup, enchaîna Luis en achevant son croissant au beurre, pendant que je parlais avec le gardien, un éclair d'illumination m'a traversé. C'est là que j'ai eu l'idée d'observer le tableau avec les lunettes anaglyptiques.

Il poussa son assiette de côté et attrapa son sac croché sur le côté de la chaise.

— Le résultat est tout simplement incroyable, résuma-t-il en posant la petite paire de carton plastifiée sur la table. Figurez-vous que, sous l'effet du verre rouge, un texte est apparu dans les rideaux, au-dessus de Louis XIV. Très discret, mais juste assez grand pour que je parvienne à le lire. Je n'en croyais pas mes yeux.

— Et alors, que dit ce texte ? s'interrogea Eddy, la bouche encore à moitié pleine.

— J'allais y venir, dit-il en sortant son bloc-note.

Il relut pour lui-même les mots qu'il avait rapidement notés la veille, puis jeta un coup d'œil autour de leur table, s'assurant que personne n'écoutât leur conversation.

— La phrase est intrigante, vous verrez.

Il inspira profondément et lut ensuite, très lentement :

— « Deux petites cordes réunies concordent vers le bonheur conquis ».

Un grand silence s'installa entre eux, et Luis les observa à tour de rôle. Finalement, ce fut Eddy qui prit la parole en premier, contrarié.

— C'est tout ce qu'il y avait ? Tu parles d'un indice !

Luis acquiesça.

— Ce n'est pas très concret, admit Stacy en fronçant les sourcils. Ça ne me parle pas du tout.

— Pas très concret ? répéta Eddy en brandissant un couteau plein de confiture. C'est carrément du foutage de gueule, ouais ! Parvenir à lire ce texte, c'est déjà un parcours du combattant, si en plus il faut en comprendre le sens… Si j'étais Philippe V, j'aurais clairement déclaré la guerre à mon grand-père !

Luis tempéra la chose.

— Je sais que c'est pas évident, mais il s'agit bel et bien d'un indice. D'ailleurs, il se pourrait bien que Philippe V ne l'ait jamais lu, puisque Louis XIV a finalement gardé le tableau pour lui.

— J'espère bien qu'il l'a jamais lu ! répliqua Eddy, consterné. Histoire qu'on se casse pas la tête pour rien !

— Rigaud a réalisé un second tableau identique pour Philippe V, mais j'ignore s'il comporte lui aussi le message caché. Quoi qu'il en soit, il y a une clé à comprendre derrière cette énigme, et ce n'est pas le moment de laisser tomber ! C'est certainement le dernier mystère à résoudre, personne n'est arrivé jusqu'à ce stade. Nous devons aller jusqu'au bout !

Ses amis le regardèrent, peu convaincus. Agacé de devoir chaque fois se justifier, Luis ajouta :

— C'est ce que j'ai vu, je n'ai rien inventé. Tout est vrai.

Un nouveau silence s'installa entre les trois Américains. Eddy, inflexible, avait cessé de réfléchir et achevait son petit déjeuner, attendant seulement que la discussion prenne officiellement fin. Stacy gardait pour sa part les yeux posés dans le vide, au milieu de la table, à la recherche d'une idée.

Pourquoi ne pouvaient-ils pas simplement croire en ce trésor ? se désespéra Luis qui sentit un pincement au cœur.

— Bon, vas-y, fit Stacy au bout d'un moment en dégageant à son tour la place devant elle. Relis cette phrase encore une fois, histoire qu'on l'ait bien en tête.

Luis l'observa s'accouder sur la table puis répéta les mots, très lentement, tentant de s'en imprégner au mieux.

— Deux petites cordes réunies concordent vers le bonheur conquis.

Alors, pendant une bonne vingtaine de minutes, tous trois essayèrent de donner un sens à ces mots, réorientés de temps à autre par la voix de Luis qui relisait l'énigme. Plusieurs idées leur vinrent à l'esprit, mais elles finissaient toujours par s'avérer plus qu'improbables ou complètement tordues.

— Ça doit forcément signifier quelque chose, mais j'ai l'impression qu'il nous manque des éléments pour comprendre.

— Ça concorde vers le bonheur conquis... répéta lentement Stacy, la tête posée au creux de ses mains. Logiquement, je dirai que le bonheur conquis représente le trésor.

Eddy acquiesça.

— Je sais pas si l'énigme est logique, mais il doit s'agir de cela, en effet. Qu'en penses-tu, Luis ?

Ce dernier était plongé dans une intense réflexion et n'avait pas du tout écouté la suggestion de Stacy.

— Deux petites cordes réunies…

— Luis ?

Il releva la tête.

— Excusez-moi. Je me demandais… On dirait que ça fonctionne par étapes.

Les deux amis échangèrent un regard interrogé.

— Je veux dire…

Il hésita un moment.

— L'union de deux cordes… Il faut visiblement trouver deux cordes, ou quelque chose qui s'y apparente. Ça, c'est la première étape. Ensuite, il faut les mettre ensemble : seconde étape. Une fois cela fait, on aura finalement la direction à suivre pour retrouver le trésor.

Un court silence marqua cette réflexion, puis Stacy résuma :

— L'union mène à la concorde… La concorde serait donc le résultat d'un assemblage de deux éléments ? Mais lesquels ?

À cet instant, Eddy se renfrogna, ne laissant même pas le temps à Luis de répondre.

— Ça ne veut rien dire, votre truc ! Deux petites cordes réunies concordent vers le bonheur conquis… C'est totalement insensé ! Luis, soit t'as eu une hallucination, soit c'est qu'un gros canular du XVIIe siècle ! Comment veux-tu que des cordes nous montrent la route à suivre ?

Stacy se redressa subitement, les yeux grands ouverts.

— La route ! s'exclama-t-elle. J'ai une idée ! Deux cordes qui concordent : peut-être est-ce une référence à la Place de la Concorde, à Paris ?

Aussitôt, Luis se représenta l'immense pointe de pierre qui se dressait au centre de la place.

— L'obélisque... fit-il, songeur. Louis XIV était fasciné par l'Antiquité !

— Bien sûr ! Ça doit être ça ! s'emporta Stacy. Il y a sûrement un truc inscrit sur l'obélisque. Ou alors le trésor se cache en dessous !

— Mais... Et les deux cordes ? releva Luis.

Elle réfléchit quelques secondes pendant qu'Eddy, de son côté, leur lançait à tour de rôle des regards furtifs, complètement sidéré par leur hypothèse.

— Deux petites cordes... répéta Stacy. Il s'agit sans doute des rues qui convergent vers la place. Les deux plus petites. Et la place en est l'union. Ça se tient !

Un grand sourire rayonnait sur son visage, et Luis le lui rendit, se laissant retomber contre le dossier de sa chaise.

— Si j'avais su, je serais resté à Paris !

Stacy rigola, mais Eddy secoua la tête désespérément.

— La Ville Lumière nous attend ! s'enthousiasma Luis. Nous touchons au but !

À ces mots, Luis et Stacy se levèrent d'un bond, unis par cet enthousiasme commun. Ils restèrent ainsi dressés au milieu de la salle à se regarder, surpris eux-mêmes par leur mouvement, un étrange sourire sur les lèvres. Le temps semblait s'être arrêté alors que Luis plongeait ses yeux dans ceux dans son amie. D'abord frappé par la dureté de ce regard qu'il avait déjà observé plus tôt, il nota maintenant quelque chose de plus doux, plus léger dans l'intensité de ses pupilles vertes. Quelque chose de plus profond aussi. Même son souffle paraissait s'être chargé d'un air purifié, d'une énergie nouvelle. Troublé par la puissance de ce face-à-face, Luis sentit le rythme de son cœur s'accélérer et une étrange chaleur monter en lui.

— Alors, on bouge ?

Luis et Stacy tournèrent la tête vers la voix qui avait brisé cet instant suspendu. De l'autre côté de la table, Eddy s'était levé à son tour et les dévisageait.

— Oui, acquiesça Luis, un peu gêné. Allons chercher nos affaires.

Il regarda à nouveau Stacy.

— Viens avec nous. Je ne veux plus qu'il t'arrive quoi que ce soit.

Elle maintint son sourire, peu soucieuse de gonfler ainsi l'énorme boursoufflure sur sa lèvre.

— T'inquiète pas. Personne ne me fera de mal, je te le promets.

Il fronça les sourcils.

— Comment peux-tu l'affirmer ?

— Parce que je l'ai décidé, répondit-elle simplement.

Luis l'observa, hésitant. Il ne voulait pas prendre le risque qu'elle subisse un autre malheur. Pourtant, le ton de son amie était résolu, et ses traits déterminés semblaient confirmer cette assurance. Une assurance qu'il ne lui avait plus connue depuis longtemps.

En fait, Stacy semblait totalement différente.

— Très bien, dit-il finalement. Mais s'il y a quoi que ce soit, tu cries et je descends !

Elle acquiesça joyeusement et les deux hommes montèrent à leur chambre pour préparer leur valise.

— Je trouve ça ridicule ! s'exclama brusquement Eddy en lançant un pantalon dans sa malle. Saugrenu ! Vous êtes devenus complètement dingues ! Les cordes sont des routes… Ce texte ne veut rien dire, ça saute aux yeux !

Luis s'assit près de la table.

— Eddy, tu es trop terre-à-terre. Louis XIV n'allait pas prendre le risque d'écrire mot pour mot le chemin à suivre, ce serait beaucoup trop accessible. Cette phrase est un code ! Les cordes sont symboliques !

— Et tu crois que Philippe V n'avait que ça à foutre ? Analyser des tableaux pour retrouver un truc dont il ignorait même l'existence ? C'est complètement insensé !

Il roula furieusement un tas d'habits en boule qu'il enfonça dans un coin libre de son bagage.

— Sûrement pas, reprit Luis d'un ton très calme. Sans doute Louis a-t-il informé son petit-fils avant de lui donner le tableau. Il l'a certainement aidé. Enfin… J'espère que non, tout de même.

Eddy lâcha sa trousse de toilette et se tourna vers Luis.

— Tu vois ! Tu sais même pas où ça nous mène ! Si vraiment il a aidé son petit-fils, il y a bien des chances qu'on ne trouve plus rien ! Et puis, puisque tu prétends que Louis l'a mis sur la piste, pourquoi ne lui aurait-il pas tout simplement dit de vive voix où était caché le trésor ?!

Luis soupira.

— Eddy, j'en sais rien du tout, s'il l'a aidé ! Peut-être que c'est pas le cas. L'or est peut-être toujours là où Charles Quint l'a entreposé.

— Mais c'est bien ça le problème : tu n'en sais rien ! On avance sur des hypothèses. C'est comme traverser un vieux pont de cordes avec un camion : à un moment, on va se casser la gueule !

Luis le toisa sévèrement.

— Et bien, justement ! Si j'ai trouvé cet indice, c'est grâce à mes hypothèses. Toi qui ne me croyais pas — et tu avais de bonnes raisons — maintenant, tu dois bien admettre que tu t'étais trompé ?

Eddy ne répondit pas. Il avait cessé de jeter ses affaires et le dévisageait, immobile. Luis reprit.

— Tu ne voulais pas continuer sans indice concret, et je te comprends. N'importe qui aurait pris la même décision que toi. Mais maintenant, il est là !

Luis désigna son sac d'un geste de la main.

— Nous avons notre indice !

Eddy lui lança un regard froid et se détourna.

— Tu parles d'un indice concret ! Il est aussi concret qu'un billet de loterie, ouais !

— Eddy, bon sang !

Luis se mit à faire des allers-retours au milieu de la pièce, tâchant de contenir son agacement.

— Comment peux-tu être aussi buté ?!

— Ça vaut aussi pour toi, marmonna Eddy en fermant ses bagages.

— Qu'est-ce qu'il faut pour te convaincre ?

Luis resta prostré à mi-chemin entre Eddy et la table, les paumes tendues devant lui.

— Merde, Ed ! Je l'ai pas inventée, cette phrase ! On doit juste réussir à la comprendre.

Son ami fit volte-face.

— Juste ? On peut partir dans tous les sens avec ce texte ! Ça ne nous mènera nulle part !

Luis allait répondre, mais Eddy ne lui en laissa pas le temps.

— D'ailleurs, toi qui es si expert en histoire, tu devrais savoir que la Place de la Concorde n'existait pas en 1700 !

Là, Luis se figea sur place, la bouche entrouverte. Il dévisagea son ami comme si ce dernier venait de lui annoncer la fin du monde, puis reprit ses esprits.

— Qu'est-ce que t'as dit ?

Eddy ne répondit pas tout de suite mais fixait son ami, les yeux grands ouverts.

— Non, attends... Tu vas pas me dire que tu savais pas ?

Luis secoua la tête.

— Je connais pas mal de choses sur les événements historiques, mais l'urbanisme est une autre affaire. Tu dis que la Concorde n'existait pas en 1700 ?

— Évidemment, confirma Eddy en s'asseyant sur son lit. À l'époque, les seules choses qui concordaient là-bas, c'étaient des égouts qui allaient se déverser dans la Seine. Le projet de la place ne fut initié qu'au milieu du 18e siècle, bien après la mort de Louis XIV. D'ailleurs, quand le chantier fut achevé quinze ans plus tard, c'est sous le nom de Place de Louis XV qu'elle a été inaugurée. C'est en l'honneur de ce roi qu'elle a été aménagée.

Luis resta stupéfait.

Place de Louis XV.

Il était donc impossible que Louis XIV s'inspire de la Concorde pour l'indice.

— Ça m'étonnerait que vous trouviez quoi que ce soit là-bas, reprit Eddy. Et puis, vous parliez de l'obélisque... Peut-être ignores-tu également que celui-ci ne fut amené de Louxor qu'au 19e siècle seulement ?

Au contraire, Luis connaissait ce détail, mais il l'avait complètement oublié tout à l'heure, emporté par son euphorie.

Toujours réfléchir au moins deux fois avant d'agir, se sermonna-t-il alors.

— Où as-tu appris tout ça ? demanda finalement Luis, surpris des notions de son ami.

Eddy haussa les épaules.

— J'ai eu l'occasion d'explorer ces éléments durant mes études.

Ils se regardèrent quelques instants, puis Luis alla s'asseoir vers la table, l'air pensif.

— Donc, le trésor n'est pas là-bas, dit-il. Ça change tout...

— Un peu, oui. Ou bien il s'y trouvait bel et bien, mais a ensuite été découvert lors de l'aménagement de la Concorde.

Luis secoua la tête.

— Non, c'est impossible. Jamais un roi sensé ne l'aurait enfoui au cœur d'un quartier populaire. Et puis, maintenant que j'y pense, l'or se trouve en Espagne, pas à Paris !

— Ça, c'est sûr... confirma Eddy. Mais si ton machin dit vrai, la place pourrait abriter un second indice.

— Non. T'as raison, Ed. La Place de la Concorde est un mauvais plan. C'est chronologiquement incompatible.

Eddy observa calmement son ami pendant que celui-ci cherchait un nouveau sens à la phrase mystérieuse, profondément plongé dans sa réflexion.

Deux petites cordes réunies concordent vers le bonheur conquis...

— Et... qu'est-ce que tu proposes ? se risqua Eddy au bout de quelques minutes.

Luis s'était muré dans le silence. Une multitude d'idées lui passait dans la tête, mais aucune ne collait aux mots de l'énigme. Ainsi, pendant de longues minutes, il se répétait lentement cette phrase pour lui-même, à voix basse, jetant parfois un œil par la fenêtre avant de le ramener très vite sur la table, devant lui. Au bout d'un moment, Eddy finit par s'agacer.

— Le bonheur conquis, je veux bien qu'il s'agisse du trésor, mais pour ce qui est du reste... Je crois vraiment que je vais vous laisser...

Tout à coup, le regard de Luis s'alluma.

— Eddy !

Luis avait littéralement crié, faisant sursauter son ami qui ne put s'empêcher d'imaginer qu'il avait à nouveau inventé une idée bizarre.

— Où as-tu trouvé ça ? demanda Luis, tout excité.

Eddy regarda le petit papier brillant que l'ancien policier agitait du bout des doigts. Il s'agissait d'un flyer pour un concert de musique classique, illustré d'un ensemble de quatre instruments : deux violons, un alto et un violoncelle.

— C'était sur des tables, à la Place de l'Orient. Tu sais comme j'aime la musique, je me suis dit que ce serait sympa d'y aller. Mais tu étais tellement envoûté par tes histoires de tableau l'autre jour que tu m'as même pas laissé le temps de t'en parler.

À cet instant, Luis se rappela lui avoir arraché un flyer des mains, l'autre soir, avant de lui raconter ses découvertes au sujet du tableau de Rigaud.

— Non, mais... Ed ! dit-il en secouant le flyer devant lui. Te rends-tu compte de ce que c'est ?

— Évidemment ! C'est le Quartet Palatin, le plus exceptionnel ensemble de Stradivarius au monde ! C'est pas au vieux singe qu'on apprend à faire la grimace, Luis !

— Exactement ! C'est le Quartet Palatin, aussi nommé Quartet Royal. Philippe V devait ramener ces instruments en Espagne en juillet 1702. Tu ne trouves pas ça surprenant ?

— Pas plus que ça. Ce qui est véritablement fascinant avec cet ensemble, c'est que…

— Réfléchis ! l'interrompit Luis en se levant. Juillet 1702 ! C'est environ une année et demi après l'accession au trône de Philippe V, et quelques mois seulement après l'achèvement du portrait de Louis XIV par Rigaud ! Le Roi-Soleil a sûrement demandé à Antonio Stradivari d'inscrire un indice sur les instruments avant de les confier à son petit-fils !

Eddy suivit du regard son ami qui tournait en rond au milieu de la chambre.

— Qu'est-ce que tu racontes encore, mon vieux ? Ces instruments ont été fabriqués au XVIIe siècle, Charles II n'était même pas mort à ce moment-là. Arrête d'échafauder des théories farfelues, il n'y a aucun rapport entre l'indice du tableau et ce quartet !

— Faux ! Les deux violons sont tous les deux datés autour de 1700, Ed.

Luis s'approcha de lui et brandit le petit morceau de papier glacé devant lui, désignant du doigt les deux violons qui y figuraient.

— Regarde !

Un court silence plana dans la chambre, puis Eddy s'illumina.

— Les deux petites cordes…

Aussitôt, les deux hommes regagnèrent d'un pas vif le hall d'entrée, une bonne demi-heure après avoir laissé Stacy seule près de la réception.

— Et bien ! s'exclama-t-elle, narquoise. Vous en avez mis du temps !

Son visage changea soudainement d'allure.

— Où sont vos valises ?

— Changement de programme, déclara Luis. La Place de la Concorde est trop récente, mais nous avons une piste.

Il déploya le flyer sous les yeux de son amie.

— Oui ! Et je crois bien que c'est la bonne, cette fois-ci, renchérit Eddy, l'air jovial.

Stacy attrapa le petit papier et le parcourut rapidement.
— Je ne comprends pas.
— Je vais faire simple, dit Luis. Après avoir accepté le testament de Charles II, Louis XIV commande le portrait à Rigaud en lui imposant d'y inscrire la mystérieuse phrase. Mais le roi conserve finalement ce tableau pour lui et en demande un second, parfaitement identique, lequel sera ensuite acheminé jusqu'à Madrid. A-t-il fait noter le texte sur celui-ci aussi ? Sans doute. Quoi qu'il en soit, l'énigme ne signifie rien toute seule, elle renvoie au vrai support où est indiquée la position du trésor, à savoir ce quartet d'Antonio Stradivari, célèbre pour les magnifiques ornements peints dessus.

Il désigna la photo sur le flyer.

— Rien de ce que j'avance là n'est prouvé, mais tout porte à croire que les événements se sont déroulés ainsi. Louis XIV demande donc au célèbre luthier d'inscrire une part de l'emplacement de l'or sur chacun des deux violons, les fameuses petites cordes. En 1702, Philippe V se rend à Crémone — là où se trouvent les ateliers de Stradivari — pour y chercher les instruments. Mais, à cause de la guerre de succession d'Espagne, les autorités de Crémone ne laissent pas le souverain espagnol emporter ces joyaux, et c'est l'un de ses descendants qui les recevra, plusieurs dizaines d'années plus tard. Néanmoins, personne ne fera plus jamais le lien entre le portrait de Louis XIV et les violons du Quartet Palatin. Plus personne jusqu'à aujourd'hui !

Stacy fixa Luis, puis Eddy. Tous deux étaient dans un état de joie surnaturelle, envahi d'excitation débordante.

— Mais, pourquoi les violons ? demanda-t-elle alors. Il y a quatre instruments…

— L'énigme, répondit Luis. Les deux petites cordes sont les deux violons. C'est une métaphore.

Stacy réfléchit quelques secondes avant de s'interroger à nouveau.

— Mais alors, pourquoi ne pas avoir utilisé les quatre instruments ?

Il lui attrapa la main.

— Réfléchis. Comment indique-t-on un lieu sur une carte ?

La réponse lui vint aussitôt.

— Avec une coordonnée, dit-elle sans comprendre le lien avec le Quartet Palatin.

— Exactement ! Et de quoi sont faites les coordonnées ?

— D'une latitude et d'une longitude, intervint Eddy, emballé.

Tous deux l'observèrent pendant qu'elle remontait le raisonnement dans sa tête.

— Une latitude et une longitude. Une paire de chiffres, deux violons... C'est bien vu, les gars ! Et tout ça nous conduit...

— Au bonheur conquis ! Le trésor !

Un immense sourire se dessina sur le visage de Stacy, effaçant les traces des coups qu'elle portait.

— Vous êtes incroyables ! Et c'est donc...

Elle baissa les yeux vers le flyer.

— Un concert, acheva Eddy. Au Palais Royal. C'est là que nous examinerons les violons.

CHAPITRE 2

Le soleil brillait encore sur la capitale espagnole, lançant les ombres allongées des immeubles par-dessus les rues. Sur la *Plaza de Oriente*, l'imposante silhouette du *Palacio Real* s'étirait contre les massifs de végétation soigneusement taillés autour de la fontaine de Philippe IV qui, bientôt, se trouvera plongée dans la fraîcheur naissante du soir.

Sur le bord de la place, les trois Américains s'étaient installés sous la frondaison des arbres enflammés par l'automne et s'apprêtaient à revoir une dernière fois leur plan d'action. De là, ils avaient une vue parfaite sur l'immensité du Palais.

Quelque part là-dedans se cache la clé de notre trésor, songea Luis en ouvrant un dépliant sur la table. Eddy avait obtenu le document la veille lorsqu'il s'était rendu au *Palacio Real*. Le plan imprimé à l'intérieur n'était malheureusement pas très détaillé et expliquait seulement où se situaient les accès pour la visite. Eddy pouvait toutefois sans problème retrouver sur l'illustration les différents lieux qui les intéressaient puisqu'il y était déjà venu.

Luis attira l'attention de ses amis sur le fascicule.

— Rappelle-nous où sont les salles que nous devons explorer, Ed.

Eddy pointa son index sur la façade principale du palais, celle qui donnait sur la *Plaza de la Armería*. D'un léger mouvement circulaire, il désigna une petite zone qui se trouvait près de l'un des angles, du côté du patio intérieur.

— Le concert a lieu ici, dans la *Sala de Columnas*, expliqua-t-il. La Salle des Colonnes. Vous verrez, c'est une immense salle ! La décoration est d'une richesse ! Il y a plein de...

Luis tendit une main devant lui pour arrêter son ami.

— Laisse tomber les détails, on n'aura pas le temps d'admirer tout ça.

Eddy parut profondément déçu par cette intervention, mais il finit par acquiescer et poursuivit.

— Donc, c'est là que nous devrons être à 20 h, lorsque le concert débutera. Les violons, quant à eux, se trouvent dans une salle, juste là.

À cet instant, au lieu d'indiquer le plan, Eddy tendit son bras devant lui et montra la fantastique façade qui donnait sur la *Plaza de Oriente*.

— L'antichambre de la reine Marie-Christine. De là, la vue sur la place est imprenable.

Stacy fronça les sourcils.

— Si les volets étaient ouverts, peut-être...

Luis observa les hautes fenêtres du premier étage, toutes fermées par les panneaux de bois blancs. Les violons se trouvaient juste derrière, à quelques mètres de cette terrasse où ils discutaient en ce moment...

Si seulement on pouvait entrer par ici, se désola-t-il.

Devant lui, l'impressionnante bâtisse néoclassique semblait le narguer de la même façon que l'autre jour où, impuissant, il s'était laissé abattre au pied de sa façade.

— Pour atteindre cette salle, poursuivit Eddy, arrachant son ami à ces souvenirs douloureux, nous devons traverser le reste du palais. Le chemin de la visite est entièrement tracé et effectue le tour complet du *Patio del Principe*, la cour centrale.

De son doigt, il suivit sur le dépliant chacune des ailes du bâtiment, s'arrêtant sur la partie qui abritait l'antichambre. Après quelques secondes, Luis désigna à son tour le plan.

— Ne peut-on pas couper au plus court et passer directement par l'angle donnant sur la *Calle de Bailén* ? Ça nous éviterait de faire ce détour inutile.

Eddy secoua la tête.

— Je pense pas. Techniquement, c'est possible, il y a une galerie qui ouvre sur le patio depuis l'étage en en parcourant le tour. Seulement, il risque bien d'être très surveillé puisque c'est sans doute par là qu'ils passeront avec les violons.

Un silence s'installa entre eux, témoin de l'incertitude qui planait sur leur projet.

— Quoi qu'il en soit, reprit Eddy, une des premières choses à faire une fois dans ce palais sera d'aller voir l'antichambre de la reine. Les instruments sont rangés dans des vitrines en bois, mais je ne sais pas comment elles s'ouvrent. Elles sont sans doute sous sécurité. Nous devons découvrir ce qu'il en est pour évaluer nos possibilités d'actions.

— Oui, mais cette antichambre risque de fermer plus tôt, souligna Stacy. Ils doivent probablement préparer le quartet pour le concert.

— C'est pour ça qu'on doit absolument y entrer au moins deux heures avant. À 18 h, nous devons être dans le palais.

Luis s'assura que tout était clair, et Eddy intervint.

— Jusque là, ça va. Pour la suite, par contre, je suis pas sûr d'avoir vraiment bien compris. Tu veux qu'on emporte les deux violons avec nous ?

Sa voix semblait marquée d'un ton affligé.

— Pas dans l'immédiat, répondit Luis. Dans un premier temps, il faudra qu'on observe attentivement les lieux. Ce n'est qu'une fois le concert terminé que nous passerons à l'action. Alors, nous devrons rejoindre le plus discrètement possible l'antichambre pour nous emparer des deux instruments.

Plus tôt dans la journée, Luis avait déjà partagé cette idée avec ses amis, ne voyant pas d'autre solution que de subtiliser les violons pour pouvoir les examiner. Il avait alors été très étonné de constater que Stacy n'avait pas protesté, elle qui, d'ordinaire, était si attentive à ne pas enfreindre la loi. Cette fois-ci, au contraire, elle avait défendu sa proposition avec véhémence et apporté un grand soutien dans l'élaboration du plan. Luis avait ensuite fait un lien surprenant entre ce détail et l'air déterminé qu'elle possédait depuis son retour à Madrid.

Dans un tout autre état d'esprit, Eddy était très agité, visiblement mal à l'aise, et Luis savait qu'il n'appréciait pas l'idée de séparer ces instruments.

— Pourquoi les voler ? demanda-t-il encore une fois. Nous pourrions…

— Ed, on en a déjà discuté tout à l'heure, trancha Stacy, légèrement agacée. Il ne s'agit pas de voler, mais d'emprunter. Une fois qu'ils nous auront livré leur secret, nous rendrons les violons au palais.

— Mais pourquoi on peut pas simplement les observer dans leur vitrine, comme tout le monde ?

Depuis un petit moment, un doute commençait à s'insinuer en Luis. Depuis qu'ils avaient parlé de dérober les deux Stradivarius, Eddy semblait très réticent à exécuter ce plan. Était-ce le fait de séparer les violons du quartet qui gênait Eddy, ou bien craignait-il de commettre l'acte illégal qui s'imposait pour cela ?

— Je sais que tu n'es pas enchanté de devoir scinder ce quartet, mais nous n'avons pas le choix. Tu l'as dit toi-même, seul l'avant des violons est visible : on ne peut pas bien les observer…

— J'ai vu ces instruments hier ! s'écria-t-il, vexé. C'est largement suffisant pour voir les décorations qui les garnissent. On peut très bien les étudier là où ils sont !

— Ed, les violons sont mal positionnés, reprit Luis, implacable. Il est impossible d'analyser convenablement les détails qui nous intéressent. Les coordonnées peuvent être n'importe où, imagine qu'elles se trouvent gravées derrière le corps des instruments...

Ils s'observèrent quelques secondes, puis Luis poursuivit.

— Je pense qu'il sera pas facile de repérer les coordonnées, si en plus on ne peut pas inspecter les Stradivarius comme on veut, on n'y arrivera jamais !

Malgré l'air sceptique de son ami, Luis savait qu'il pouvait compter sur lui. Ces violons renfermaient la clé du trésor, ils en étaient tous les deux fermement convaincus. Mais Eddy avait toujours été fasciné par la musique, et surtout par les instruments.

— Bon, dit-il finalement, agitant ses longs bras dans tous les sens. Je veux bien, mais il faudra qu'on fasse très attention à ne pas les endommager. Leur valeur est inestimable et...

Luis lui attrapa le poignet, brisant net l'élan d'inquiétude qui l'animait.

— Ed. Je connais autant que toi la valeur de ce quartet, et jamais je ne ferai quoi que ce soit qui puisse le détériorer.

Son regard était plus que sincère.

— Peut-être, reprit Eddy, mais en attendant, tu ne nous as toujours pas expliqué comment tu comptais sortir du palais avec ces Stradivarius. Je pense pas que les gardiens seront ravis de voir trois individus quitter les lieux avec des pièces de leur collection. Et personne n'apporte son propre instrument pour visiter le palais, ils vont vite se douter de quelque chose.

Un immense sourire se dessina sur les lèvres de Luis.

— Qui a dit qu'on devait partir avec ?

Eddy le dévisagea, encore plus paniqué qu'à l'idée de voler les Stradivarius.

— Attends, tu veux qu'on examine ces violons à l'intérieur même du palais ?!

Luis acquiesça silencieusement.

— Non, mais... Luis !

Eddy lança quelques coups d'œil furtifs vers la place, tout autour d'eux.

— Tu te rends compte de ce que ça représente ? Cet endroit est sûrement truffé de caméras ! Comment veux-tu faire ça sans nous faire repérer ?

— Le palais est grand, reprit Luis, qui avait déjà réfléchi à la question. Il y a bien assez de salles et de recoins pour se poser un moment.

— Je trouve ça super comme idée, intervint Stacy. On s'empare des instruments, on fait ce qu'on doit faire avec et on les remet à leur place. Pas de vol, pas de fuite. Tout est clean !

Luis lui adressa un regard reconnaissant. À nouveau, son amie témoignait d'une ferveur inexplicable pour le plan, bien qu'un peu moins illicite sous cette forme. Mais Eddy ne partageait toujours pas leur avis.

— Vous n'avez pas vraiment saisi l'ampleur de ce qui se trouve dans ces vitrines. C'est le Quartet Palatin ! L'ensemble de Stradivarius le plus complet et le plus fabuleux du monde ! En dehors de sa valeur matérielle, il n'existe aucun autre instrument présentant une qualité de son aussi pure que celle de ce quartet !

Eddy défendait avec une grande passion les atouts de cet ensemble, prêt à tout pour le protéger.

— La salle où ils sont conservés est étroitement surveillée, et elle le sera sans doute encore plus pendant le concert ! Explique-moi comme tu comptes les dérober avec tout ça ?!

Luis haussa les épaules.

— De toute évidence, nous devrons attendre la fin de la représentation. En subtilisant les violons avant, nous empêcherions le concert d'avoir lieu, et tous les vigiles seraient à nos trousses. Nous avons besoin de temps pour les observer.

Eddy, incapable de tenir en place, se leva subitement et commença à tourner en rond.

— Ed, le palais est grand. Nous n'aurons aucun…

— Oui, il est grand ! s'écria-t-il, fâché. Et ça pourrait jouer contre nous ! On ne sait rien de ce bâtiment, alors que les gardes y passent leur vie ! Ils doivent en connaître toutes les subtilités et les passages secrets !

Cette fois, Luis ne répliqua rien. Eddy avait raison, les gardiens avaient une longueur d'avance sur eux.

Pourtant, dans son esprit, tout était clair.

— Luis, tu n'as pas répondu à ma question.

Il continuait de s'agiter, tel un lion dans sa cage.

— Comment comptes-tu t'emparer de ces violons ?

À nouveau, ce fut le silence. Leur plan était simple, mais beaucoup d'inconnues pouvaient en effet compromettre sa réalisation, aussi Luis se le passa-t-il une fois encore dans la tête afin de se rassurer.

Juste avant la fin du concert, il leur faudrait sortir sans un bruit de la Salle des Colonnes. De là, en espérant que toutes les forces de sécurité seraient concentrées dans cette pièce, ils pourraient rejoindre sans danger l'antichambre de la reine et s'y cacher avant le retour des gardiens. Ils n'auraient ensuite plus qu'à attendre l'arrivée des instruments, observer qui serait responsable du verrouillage des vitrines d'exposition, puis réussir à l'intercepter pour lui demander les clés.

De gré ou de force.

Mais qui sera alors dans cette salle ? S'agira-t-il uniquement de musiciens, ou y aura-t-il également des gardes ? À eux trois, seront-ils assez pour mettre leur plan en application et convaincre ces gens de leurs bonnes intentions ?

De toute façon, nous n'avons pas le choix, se raisonna Luis alors qu'il sentait sur lui le poids du regard impatient de Stacy, brûlant d'envie de passer à l'action.

Ce concert représentait effectivement une chance inespérée pour examiner les violons de près et ils n'avaient pas le droit de la manquer. Pourtant, il savait qu'Eddy avait raison et qu'ils ne devaient pas sous-estimer le danger que générait leur plan. Mais, en ce moment, tout lui semblait possible. Le vent de la fortune leur soufflait dans le dos, les propulsant tout droit vers une réussite certaine.

À moins que ce soit simplement l'excitation d'avoir retrouvé la piste de Charles II...

Pendant qu'il songeait à la question, l'insistance d'Eddy et l'impatience de son amie commencèrent à lui peser sur les nerfs, et Luis finit par perdre son calme.

— Je vais y réfléchir, répondit-il finalement. Si on voit que ça tourne au vinaigre, on laisse tomber. Mieux vaut ne pas prendre de risque inutile.

Eddy lui adressa un regard reconnaissant, satisfait de sa décision. Mais Luis nota que Stacy était déçue, elle qui semblait prête à tout pour retrouver les coordonnées…

— 17 h 43, déclara-t-il, ravi que l'heure le sorte de ce désagréable compromis. À nous de jouer.

Ses yeux s'attardèrent quelques secondes sur Stacy.

— Ça va aller avec ta blessure ?

Elle porta la main à son visage, légèrement surprise.

— Évidemment. Pourquoi ça n'irait pas ?

Luis désigna alors sa jambe, là où elle avait été atteinte à Puno.

— On devra peut-être courir.

— Vous inquiétez pas pour ça, rigola-t-elle en souriant largement. Je l'avais presque oublié celle-là.

Les deux hommes acquiescèrent en silence et, avant de se lever, Luis rassura encore ses deux amis sur son propre état.

— Rien ne peut nous arrêter !

Puis il ramassa son sac et tous trois quittèrent vivement l'agréable terrasse qu'ils avaient occupée. Cependant, alors qu'ils longeaient l'aile du palais séparant la *Calle de Baìlen* de la *Plaza de la Armería*, Luis commença à mesurer l'importance de ce qu'ils s'apprêtaient à faire. D'une façon ou d'une autre, ils allaient certainement devoir neutraliser quelqu'un dans ce palais.

Autrement dit : une voie de fait, songea Luis en se référant à son jargon professionnel.

Ce genre d'acte était clairement punissable par la loi, mais ce n'était pas tout : ils étaient sur le point de soustraire au Quartet Palatin deux de ses éléments. Or, les Stradivarius palatins faisaient partie du *Patrimonio Nacional*, la grande collection d'objets, d'œuvres et de monuments de l'État espagnol ! S'il arrivait quoi que ce soit à ces violons, les conséquences seraient désastreuses...

Il n'est pas encore trop tard pour y renoncer, pondéra Luis.

Mais il voyait déjà entre ses mains les joyaux en or et les richesses du trésor d'Atahualpa. La route était tracée, et le dernier panneau serait bientôt dépassé.

Alors, plus aucun retour ne sera possible.

Les trois Américains franchirent à ce moment l'angle à l'extrémité de l'aile du *Palacio Real* et une majestueuse esplanade s'ouvrit devant eux, dominée par la Cathédrale de la *Almudena* qui faisait littéralement face au palais. Flanquée de deux hauts clochers carrés aux toits pointus, l'impressionnante façade néoclassique du temple mêlait des teintes de roches blanches et gris bleutées lui conférant un éclat particulier. Les deux niveaux de colonnades élancées qui structuraient le portique étaient surmontés d'une niche ornementale de style baroque d'où une Vierge veillait sur la *Plaza de la Armería* et le palais. De part et d'autre du corps principal du monument, la construction se prolongeait d'une allure plus simple et abritait respectivement le musée de la cathédrale et l'archevêché de Madrid, fermant ainsi tout le côté sud de l'esplanade. En face, derrière la haute barrière de fer à la française, l'immense place d'armes s'étendait entre les deux ailes du *Palacio Real*, parcourue par les nombreux visiteurs qui se photographiaient devant l'édifice.

Luis, Stacy et Eddy se forcèrent à mettre de côté leur fascination pour rejoindre au bout de la file d'attente. Les contrôles de sécurité imposaient une entrée ralentie, mais ils n'eurent heureusement pas plus de dix minutes à patienter avant de franchir les majestueuses grilles qui clôturaient l'espace devant le palais.

À peine avaient-ils fait quelques pas qu'ils furent frappés par l'ampleur du bâtiment : avec ses deux ailes bordant la place, il donnait réellement l'impression de se refermer sur eux tels deux bras enlaçant un corps. La façade monumentale se constituait de pilastres semblables à ceux qu'ils avaient pu observer depuis la *Plaza de Oriente*, mais la portion centrale où se trouvait l'accès principal possédait quant à elle de hautes colonnes adossées. Sur sa partie supérieure, une grande horloge formait un décrochement au-dessus du toit parcouru ici aussi d'un solide balustre, et quatre statues trônaient au même niveau, en prolongement des colonnades.

Des rois espagnols, conclut Luis en les scrutant attentivement.

Ils avaient traversé plus de la moitié de la place, filant à vive allure entre les touristes qui immortalisaient de façon frénétique ce bâtiment emblématique de la monarchie espagnole. À mesure qu'ils avançaient, la façade paraissait gagner en hauteur, et Luis reconnut encore au-dessus de l'horloge un immense médaillon taillé dans la pierre sans savoir qu'il s'agissait des armes de Philippe V, le roi dont ils venaient aujourd'hui même chercher l'héritage. En franchissant l'entrée principale, aucun des trois amis n'avait distingué la structure métallique qui coiffait le toit du palais et portait une petite cloche datée de 1637 : l'unique vestige de l'Alcazar Royal, l'ancien château qui avait brûlé.

— C'est vraiment prodigieux comme construction ! commenta Luis en pénétrant dans l'atrium de nature beaucoup plus sobre. Imaginez combien d'artisans ont travaillé ici pour réaliser tout ce qu'on a sous les yeux maintenant !

Eddy acquiesça.

— Oui, c'est prodigieux. Et il y a plein de petits détails ! J'ai lu quelque part qu'Atahualpa lui-même figure sur la façade !

Le portrait du dernier empereur inca était effectivement représenté dans un monumental médaillon fiché exactement au centre du portique frontal, au niveau du deuxième étage, dominant la *Plaza de la Armería* de son regard minéral.

Les trois Américains atteignirent finalement le fantastique escalier de marbre qui s'ouvrait à droite de l'atrium, éclairé par de magnifiques lampes murales de couleurs dorées. Pas à pas, ils en gravirent les marches en découvrant peu à peu que l'accès de prime abord plutôt simple se séparait alors à un premier palier en deux autres volées de marches, lesquelles repartaient en sens inverse, achevant d'amener les visiteurs jusqu'au premier étage. Les parois de cette majestueuse cage d'escalier étaient ornées de colonnes adossées et percées de grandes fenêtres en arc roman qui, du côté nord, enflammaient cet intérieur d'une lumière généreuse. Une corniche courait en relief sur tout le pourtour de la pièce d'accès et asseyait une fastueuse voûte très richement décorée de rosettes en caisson, de médaillons allégoriques et d'innombrables moulures de stucs blanc et or. Huit oculus ovales s'ouvraient sur la partie inférieure de ce plafond coloré, magnifiant de reflets éclatants tous ces ornements indécents. Enfin, point d'orgue de toute cette opulence, une immense fresque remplissait le centre de la voûte, œuvre de l'artiste italien Corrado Giaquinto.

— Impressionnant ! s'extasia Stacy, les yeux sautant d'un coin à l'autre de ces murs si luxueusement garnis.

— Et tu verras ! C'est partout comme ça !

Eddy découvrait les lieux pour la deuxième fois, mais il était lui aussi encore une fois émerveillé devant tant d'abondances. Malgré tout, il se rappela leur objectif et consulta sa montre, légèrement inquiet.

— Bon, je veux pas vous embêter, mais faut qu'on se dépêche un peu ! Il est déjà passé 18 h, et on doit encore traverser tout le palais !

Surpris d'être restés si longuement à contempler l'entrée du monument, Luis et Stacy accélérèrent soudainement le pas pour rejoindre l'antichambre de la reine Marie-Christine, là où se trouvaient les Stradivarius.

— C'est ici qu'aura lieu le concert, annonça Eddy alors qu'ils accédaient à la seconde pièce visitable, d'une belle envergure et à nouveau décorée avec beaucoup de goût.

— Pas le temps d'investiguer par là, trancha Luis sans lever les yeux. Nous devons examiner la salle des violons et surtout, voir si notre plan est bel et bien jouable.

En disant cela, il voulait surtout rassurer Eddy, car au fond de lui, Luis savait parfaitement qu'ils ne reviendraient plus en arrière.

— On étudiera la stratégie de celle-ci pendant le concert.

Dix minutes plus tard, après avoir passé tout droit devant la chapelle royale, les trois Américains atteignirent le seuil du cabinet de la reine Marie-Christine, une très belle pièce aux murs parés d'un motif vert et or. Ils traversèrent ce premier espace sans s'arrêter et arrivèrent enfin dans l'antichambre par l'une des deux portes qui y menaient.

La première chose qu'ils remarquèrent en entrant fut l'intensité des toiles rouges ornant les murs, immense contraste avec la salle précédente. De très grandes tapisseries y étaient accrochées, tombant jusqu'à la boiserie basse blanc et or. Au sol, un splendide parquet formé de diverses essences se découpait en carreaux, caché en grande partie sous d'épais tapis rouge sombre qui le protégeait des semelles des visiteurs. Aligné à la table ronde, au centre de l'antichambre, un magnifique lustre de cristal tombait depuis la haute voûte du plafond, décorée de fresques et de majestueux ornements en stucs dorés.

Enfin, sur leur droite, face à la cheminée baroque en marbre noir, trois vitrines en bois d'environ un mètre de long se suivaient contre le mur, abritant chacune l'un des précieux instruments d'Antonio Stradivari. Sur leur gauche, entre les deux portes, un présentoir similaire légèrement plus grand dévoilait le dernier élément du Quartet Palatin : le violoncelle. Une dernière vitrine renfermait enfin un autre violoncelle et venait s'adosser contre l'épais mur en face où, encadrées par de brillants rideaux rouges, deux immenses fenêtres aux volets clos s'inscrivaient au fond d'alcôves profondes, donnant un aperçu de l'épaisseur nécessaire aux murs pour porter l'ensemble du *Palacio Real*.

Palpitant d'excitation, les trois amis s'approchèrent de la première vitrine et admirèrent pendant de longues minutes les motifs fascinants qui décoraient l'instrument.

Suivant le périmètre du corps du violon, une étroite frise noir et blanc se détachait du bois clair en fin liseré, mais c'était sur sa tranche que le Stradivarius arborait ses plus beaux atours. Soigneusement dessinés d'une encre opaque, des fioritures et de complexes ornements végétaux s'y entrecroisaient, étendant leurs arabesques jusqu'au sommet de la tête en volute de l'instrument où se trouvaient les clés, aussi sombres que les motifs peints sur le bois.

Deux petites cordes réunies concordent vers le bonheur conquis, se répétait Luis en observant cette curieuse harmonie.

Profitant du peu de visiteurs, Luis, Eddy et Stacy oublièrent qu'ils étaient venus avant tout pour effectuer un repérage tactique des lieux. Fascinés par les décorations qui les intéressaient, ils tâchèrent de retrouver les coordonnées secrètes à même le corps du violon, changeant régulièrement de place pour avoir un point de vue différent. Les motifs qui le garnissaient étaient suffisamment tortueux pour pouvoir abriter un indice. Par moment, les trois amis se rendaient devant la seconde vitrine, mais quinze minutes plus tard, ils n'avaient toujours rien découvert, et Luis pensa à nouveau au tableau de Rigaud.

Et si les chiffres étaient cachés ici aussi ? se dit-il. *Comme sur le portrait...*

Instinctivement, le New-Yorkais ouvrit son sac sous le regard étonné de ses amis, et il en sortit les lunettes anaglyptiques qu'il posa aussitôt sur son nez. D'une seconde à l'autre, toute la salle changea de couleur, nappée d'une lueur bleuâtre ou rougeâtre, selon qu'il fermait l'un ou l'autre œil. Eddy et Stacy l'observèrent, intrigués, alors qu'il se penchait à nouveau sur la vitrine. Là, sous l'effet du verre rouge, le précieux violon se métamorphosa en un surprenant ouvrage de bois duquel se détachaient beaucoup plus distinctement les ornements.

— C'est dingue... dit-il alors, médusé.

Le bon œil vous montrera la voie.

— Tu vois quelque chose ? s'écria précipitamment Stacy, alerte.

Luis déplaça encore son regard sur le corps de l'instrument, un air de satisfaction sur les lèvres.

— Non. Mais c'est vraiment prodigieux ! Tous les motifs apparaissent beaucoup plus nettement, le travail en est d'autant plus beau !

Il se tourna vers Stacy et lui tendit la paire de lunettes en carton. À son tour, elle admira le Stradivarius sous son nouvel aspect, avant de passer le binocle à Eddy.

— C'est cool, dit-elle, indifférente. Mais ça ne nous avance pas beaucoup.

Luis fronça les sourcils.

— À vrai dire, je ne m'attendais pas à découvrir grand-chose avec ça. Ç'aurait été trop facile.

Apparemment, l'étape « brigandage » sera obligatoire, songea-t-il, tout de même un peu déçu.

— Essaie de voir comment s'ouvre cette vitrine, demanda Luis à Stacy en montrant le violon de gauche. Je cherche sur l'autre.

Ils se séparèrent et, discrètement, Luis se pencha sur le côté du meuble d'exposition, laissant son regard se promener sur le cadre de bois. Très vite, il repéra une subtile serrure, puis revint vers Stacy.

— Verrouillé à clé, dit-il simplement.

— Pareil.

L'air pensif, ils observèrent les grandes vitrines, songeant à la façon dont ils allaient procéder pour s'emparer des instruments sans rien casser, quelques heures plus tard.

De toute évidence, les violons ne doivent pas retourner à leur place, comprit-il.

Une fois fermées à clé, il leur serait impossible de les dérober...

— Allons peaufiner notre stratégie d'infiltration, annonça finalement Luis en se tournant vers la sortie.

En effet, ils devaient encore s'assurer d'avoir facilement accès à l'antichambre en fin de concert. Sans cela, toute la suite de l'opération serait compromise.

Tout à coup, la voix d'Eddy s'éleva.

— Et c'est avec ça que t'as trouvé cette fameuse phrase ?

Interrompu dans son élan, Luis fit volte-face et fixa son ami. Celui-ci retournait les fines lunettes anaglyptiques entre ses doigts, les observant sous tous les angles possibles comme s'il s'agissait du plus étrange objet qui fût.

— Oui, pourquoi ?

— Non, rien, répondit Eddy, distant. Ça me paraît seulement un peu maigre comme système pour protéger l'accès à plusieurs tonnes d'or et d'argent…

Il rendit les verres bicolores à Luis qui, en les rangeant dans son sac, le soupçonnait de ne pas même les avoir mises sur son nez.

— En attendant, rétorqua Luis, personne d'autre n'a jamais vu ce message.

— T'en sais rien du tout.

Bien qu'intrigué par ce que pourraient révéler les violons, Eddy n'était toujours pas convaincu de la véracité de l'indice trouvé sur le tableau de Rigaud.

— Ed, n'importe quel bouquin d'art aurait fait mention de l'inscription secrète si celle-ci avait été découverte. J'ai lu quelques trucs sur ce tableau avant, et aucune de mes sources n'en parlait. Allons finaliser notre plan.

Sans un mot de plus, Luis devança le groupe et quitta l'antichambre, regagnant la galerie qui dominait le patio du palais. Il observa le bout du couloir sur sa gauche, près de cinquante mètres plus loin, là où se devinaient les courbes d'une fenêtre donnant sur le grand escalier d'entrée.

— Notre concert se déroule de ce côté-ci, dans la Salle des Colonnes, dit-il en pointant du doigt dans cette direction. Lorsque la représentation s'achèvera, le plus simple serait effectivement de…

— Chut ! s'exclama soudainement Stacy.

Elle fit un discret signe de tête et Luis regarda derrière lui. Au fond, quatre hommes marchaient vers eux d'un pas sûr, tous vêtus d'un uniforme bleu marine profond et harnachés d'une solide ceinture d'accessoires. Ils étaient engagés dans une conversation espagnole, mais en les apercevant, Luis comprit immédiatement ce qu'elle lui reprochait. Aussitôt, il abaissa son bras et poursuivit en chuchotant.

— Une fois le concert terminé, le plus simple sera de couper par ici pour atteindre l'antichambre avant qu'ils ne rangent les Stradivarius. Les violons ne doivent pas rejoindre leur vitrine, nous devrons les intercepter.

Stacy fronça les sourcils.

— Faudra qu'on se planque quelque part.

À ces mots, les trois Américains parcoururent le couloir du regard à la recherche d'une alcôve ou d'une cache.

— Y a pas grand-chose, résuma Eddy à juste titre, à peine affecté par ce constat.

En effet, la galerie du *Palacio Real* était très sobre. Constitué d'une colonnade cloisonnée d'amples fenêtres en plein cintre, le passage n'offrait aucune aspérité suffisamment spacieuse pour y abriter ne serait-ce qu'une seule personne. Les pilastres soutenant la voûte en berceau n'étaient pas assez saillants, et aucun meuble n'était visible depuis ici.

Ça risque d'être plus compliqué que prévu, se dit alors Luis.

À ce moment, les quatre hommes en uniforme arrivèrent à leur niveau, l'air sévère. Ils leur adressèrent un *Buenas dias* quasi militaire auquel Stacy répondit par un large sourire. Un peu trop artificiel, selon Luis.

Heureusement, les gaillards n'y prêtèrent pas plus attention et poursuivirent leur chemin sans même s'arrêter.

Stacy se tourna vers lui.

— De l'autre côté de la cour, il y avait une grande cloison qui fermait partiellement le couloir, dit-elle. On pourrait…

Luis secoua la tête.

— Trop loin. On doit être rapide.

Stacy réfléchit encore, puis suggéra :

— Les rideaux, peut-être ?

Elle désigna les longs tissus blancs qui tombaient contre les fenêtres, juste sous la base de la voûte.

— Un peu foireux comme truc, jugea aussitôt Eddy sans retenue.

Luis considéra la proposition avec plus d'intérêt.

— Y a pire comme idée, sourit-il en s'approchant de la vitre.

La lumière perçait à travers l'étoffe, très fine, et il pouvait deviner les pavés de la grande cour carrée. De l'autre côté, dans la galerie en face, la silhouette d'un homme glissa derrière les ouvertures des hautes baies, sombre et silencieuse. En voyant cela, l'Américain se ravisa.

— Y a pire, mais j'ai peur que ces rideaux soient trop légers. Les ombres les traversent beaucoup trop facilement. Je viens d'apercevoir un type, en face. Je te laisse imaginer la discrétion autour de 22 h, quand la ville sera plongée dans le noir et que seule la lumière provenant de ces couloirs brillera dans la cour…

À ces mots, Eddy se sentit rassuré par la présence d'esprit de son ami. Tout à l'heure, à la Place de l'Orient, il avait commencé à douter de sa rationalité d'ordinaire si importante.

— Qu'est-ce que tu proposes alors ? lui demanda-t-il, comme pour le tester.

— L'antichambre. Le plus simple est encore d'entrer directement à la fin du concert et de s'y cacher en attendant le retour des violons.

Satisfait, Eddy acquiesça et tous trois revinrent vers la porte qui menait à la pièce en question, à quelques mètres d'eux. À cet instant, tous trois restèrent figés sur place, complètement stupéfaits.

La porte était fermée.

— Qu'est-ce que...

Aucun des trois amis ne l'avait entendu se refermer, aussi Luis s'en approcha-t-il, attrapa la poignée et poussa dessus. Une légère ouverture se forma.

— C'est bon.

Poursuivant son mouvement avec plus de force, Luis fit tourner l'épais panneau de bois sur ses gonds et sentit alors son cœur sauter dans sa poitrine.

Planté au milieu du cabinet de la reine, la pièce qui les séparait de l'antichambre, un agent de surveillance solidement bâti l'observait d'un œil farouche, bras croisés, et Luis reconnut la crosse d'une arme à feu accrochée à sa ceinture d'accessoire.

— ¿ Adónde van ustedes ? lança le vigile d'une voix rêche.

Arrêtés sur le seuil, tous trois le dévisagèrent, aussi surpris l'un que l'autre. Derrière le gardien, Luis aperçut par la porte quelques personnes s'affairer autour des vitrines renfermant les violons, dans la salle suivante.

— *La sala està cerrada !*

Luis fixa le pistolet croché à la hanche du garde.

Ça va être plus compliqué que prévu... se dit-il alors en avalant sa salive.

Comme les trois amis ne bougeaient toujours pas, l'homme en bleu marine tapota son poignet et tendit le bras devant lui, leur indiquant de manière plus que suggestive qu'ils devaient faire demi-tour.

Eddy regarda sa montre.

— 19 h 33. Ils sont probablement en train de préparer les instruments.

Luis acquiesça et tous trois retournèrent dans le couloir, refermant la porte derrière eux. Quelques rares touristes se dirigeaient encore vers l'escalier principal, sans doute pour quitter le palais.

— D'où sort cette espèce de brute ? s'exclama Stacy, offusquée.

Luis revit alors les quatre hommes qui leur étaient passés devant, lorsqu'elle lui avait sommé d'être plus discret.

— La patrouille, déclara-t-il à haute voix. Ils sont en train de déployer le dispositif de sécurité. Il y avait quatre agents tout à l'heure. L'un d'eux est resté dans la première pièce pour monter la garde pendant que les trois autres s'occupent des Stradivarius.

Son amie hocha la tête.

— N'empêche, avec des gens aussi sympathiques, ils vont faire fuir les visiteurs.

— C'est un peu le but, ironisa Eddy.

Mais Luis n'y pensait déjà plus, quelque chose de plus contraignant le préoccupait. Avec tout ça, ils n'avaient pas pu repérer de cachette, et la perspective de se retrouver entouré d'agents équipés comme il se doit rendait leur plan beaucoup plus périlleux...

— Venez, dit-il finalement à Stacy et Eddy. Allons nous installer.

Cinq minutes à peine s'étaient écoulées lorsqu'ils prirent place au dernier rang, dans la Salle des Colonnes. Là, depuis leur passage, une véritable armée de chaises avait été dressée face aux quatre sièges réservés aux musiciens, loin devant eux.

David contre Goliath, songea Luis interpellé par ce contraste saisissant.

En revanche, c'était un quatuor de Stradivarius qui, au lieu d'une fronde, lancerait d'ici peu ses mélodies à travers la magnifique pièce que Luis prit finalement le temps d'admirer.

La Salle des Colonnes, gigantesque, possédait certaines similitudes évidentes avec l'accès principal du palais. En fait, le projet d'origine du *Palacio Real* prévoyait deux escaliers se faisant face, d'où une structure identique pour les deux espaces. Ainsi, ils retrouvaient les mêmes colonnes ioniques, avancées dans chaque angle d'environ trois mètres vers le centre de la salle, brisant de sorte le plan rectangulaire de la pièce. Une arche en plein cintre s'étirait alors depuis le haut des colonnes pour buter contre les murs en formant la base d'une robuste corniche à moulures. De là, l'extraordinaire voûte s'élevait, percée à sa naissance par huit larges oculus ovales d'où arrivait une éclatante lueur, comme dans le grand escalier d'accueil.

Les ornements de stuc — guirlandes végétales ou effigies de personnages mythologiques — s'accrochaient à la courbe du plafond où, au plus haut point, une merveilleuse fresque encadrée d'une riche frise dorée à variations resplendissait de couleurs.

De brillants lustres de bronze offraient leur lumière généreuse en mettant en valeur les immenses tapisseries crochées aux murs, juste à côté. À leur pied, disposés de façon symétrique, quelques statues et des bustes en marbre gardaient les abords de la pièce, leur silhouette sombre se détachant parfaitement devant la pâleur des parois en pierre. Enfin, derrière les places aménagées pour les musiciens, droit devant eux, un Charles Quint de bronze de plus de deux mètres dominait l'entier de la salle du haut de son piédestal, statue symbole de paix et de victoire, jetant un regard fier sur l'assemblée qui, dans un instant, se délecterait du son fabuleux des Stradivarius Palatins.

— Cette salle est vraiment superbe, dit alors Luis à ses amis.

Mais, à sa droite, il sentait Stacy assez nerveuse. Elle avait recommencé à agiter ses bracelets métalliques autour de son poignet et ne cessait de se tourner vers la porte, dans leur dos.

— Tout va bien aller, lui dit-il discrètement, confiant.

Elle leva les yeux vers lui.

— Arrête ! On sait même pas où se cacher !

— Ça fait rien. On partira un peu avant la fin et on verra sur le moment.

Elle resta silencieuse, pas du tout convaincue, et Luis lui sourit.

— Si on voit qu'il n'y a rien pour passer inaperçu, on ressort et on trouve un autre plan.

À ce moment, une dizaine de vigiles pénétrèrent dans la salle en se disposant à intervalle régulier le long des murs. Luis tira une grimace.

Ils vont sûrement rester là pendant tout le concert.

— Espérons seulement qu'ils nous laissent partir sans histoire avant la fin, chuchota-t-il alors.

— Et qu'ils ne surveillent pas l'antichambre, ajouta Eddy.

Bien que plein d'assurance, Luis sentit une boule compacte se former dans son estomac. Savoir qu'une ribambelle d'agents de sécurité stationnerait à leurs côtés ne l'apaisait pas réellement.

Puis, tout à coup, un tonnerre d'applaudissements s'éleva dans la salle pendant que, sur l'espace qui servait de scène, trois hommes et une femme élégamment vêtus s'étaient avancés jusqu'aux chaises et attendaient face au public, un sourire franc sur les lèvres. Dans leur main, quatre fantastiques instruments de bois sombre resplendissaient sous les spots chaleureux qui les éclairaient.

Le Quartet Palatin.

Alors, peu à peu, les applaudissements perdirent en intensité. Les musiciens prirent place et ouvrirent leur répertoire. Sur les lutrins, un drapé pourpre raffiné arborait le logo du *Patrimonio Nacional*. La Salle des Colonnes était devenue silencieuse. Les deux violonistes calèrent leur instrument sous le menton.

Une attente irrésistible se fit ressentir.

Finalement, les quatre musiciens levèrent d'un geste sensible leur archet, l'approchant avec souplesse des Stradivarius multiséculaires. Dans le public, plus un souffle ne se fit entendre, comme si chacun eût craint que la moindre respiration ne fît vibrer précipitamment les précieuses cordes. Suspendu aux doigts du quatuor, Luis aurait souhaité rester concentré sur leur objectif, mais pour rien au monde il ne voulait manquer la magie de cet instant.

Alors, tout doucement, les premières notes s'élevèrent vers la haute voûte du plafond. Légères. Voluptueuses. La gracieuse mélodie, magnifiée par le faste des murs, emplit délicatement la Salle des Colonnes d'un éclat mêlant pureté et majesté.

CHAPITRE 3

La somptueuse mélodie roulait toujours contre le plafond voûté de la Salle des Colonnes lorsque, pas loin de deux heures plus tard, Luis adressa un signe de la main à ses amis.
Il était temps de passer à l'action.
— Pas de geste brusque, siffla-t-il. Restons naturels.
— Par où on sort ? lui demanda encore Stacy.
Le New-Yorkais observa la pièce. Juste sur leur droite, cachée par l'épais rideau jaune, il devinait la porte ouvrant directement sur la galerie. Tout devant, légèrement en retrait à droite de la scène où jouait le quatuor, une autre issue avait permis aux musiciens d'accéder à leurs places, avant le début du concert.
Elle mène sans doute aussi au couloir... pensa Luis.
Mais son regard s'arrêta sur les ceintures des vigiles répartis dans la salle, toutes équipées du même matériel. La solide crosse de l'arme à feu qui pendait à leur hanche ne leur donnait pas droit à l'erreur.
Nous devons donner l'impression de simplement quitter les lieux...
— Par la porte principale, répondit finalement Luis, estimant qu'il s'agissait de la sortie la plus naturelle possible.

Quelques secondes plus tard, Eddy — qui était au bout de la lignée de chaise — se leva en premier, rapidement suivi par Stacy, puis Luis. Les gardiens tournèrent immédiatement la tête vers eux, et Luis sentit une vague de sueur monter au sommet de son crâne.

Espérons que la brute de tout à l'heure ne soit pas parmi eux...

Eddy avait aussi noté leur réaction et tendit alors l'index vers la grande porte de bois, au fond de la salle, indiquant ainsi aux hommes en faction la direction où ils se rendaient. Pendant qu'ils se glissaient silencieusement vers la sortie, les vigiles détournèrent les uns après les autres le regard vers l'immense plan de chaises où le public continuait de planer, plongé dans la féerie musicale du Quartet Palatin. À leur plus grand étonnement, seuls les deux agents postés à proximité de l'issue les avaient fixés jusqu'à ce qu'ils en aient franchi le seuil.

Les trois amis jetèrent un rapide coup d'œil dans la salle où ils se trouvaient, la première après l'escalier principal selon le sens de la visite officielle. Là, à part les membres de la famille royale peints sur deux immenses tableaux disposés de part et d'autre de la pièce, personne ne semblait surveiller la sortie.

— Bien, chuchota Luis, le cœur battant. Prenons directement à gauche, vers la galerie.

Suivant la directive de Luis, Eddy les mena vers la majestueuse entrée, mais au lieu d'en redescendre les marches, il s'arrêta devant la haute porte de bois, au sommet du second palier. Posant sa main sur la poignée, il se tourna vers Luis qui, d'un signe de tête, valida son geste, puis Eddy appuya dessus en voulant exercer une traction vers lui.

À ce moment, un claquement sec s'échappa en retentissant dans toute la cage d'escalier, amplifié par l'immense voûte au-dessus d'eux, et Luis grinça des dents.

Merde !

La porte était fermée, mais comme elle avait un peu de jeu, elle avait heurté le cadre. Le choc semblait avoir résonné dans toutes les pièces telle une goutte au plus profond d'une grotte tant le silence était impressionnant dans cette partie du palais. À l'affût du moindre bruit qui eût pu signaler l'arrivée d'un agent, tous trois avaient cessé de respirer, et Eddy garda sa main serrée sur la poignée, craignant de la faire bouger à nouveau.

Mais tout était calme autour d'eux, le seul son qu'ils entendaient était ce discret air que jouait le quartet à l'instant, deux salles plus loin.

— Comment on fait ? susurra Stacy du bout des lèvres.

L'espace de quelques secondes, Luis s'imagina crocheter la serrure de l'épaisse porte menant à la galerie, puis il se ravisa et, regardant par-dessus son épaule, retrouva son ardeur.

— Par là ! Vite !

Il rebroussa chemin d'un pas vif, longeant le palier de l'escalier sur toute sa largeur avant de s'engouffrer sans attendre par la porte opposée à celle qu'ils venaient d'essayer de franchir. Elle conduisait aux dernières salles du palais dans le sens de la visite et était curieusement restée grande ouverte.

— C'est le seul accès encore possible, expliqua-t-il après s'être assuré que ses amis le suivaient. Une fois ces quelques pièces traversées, nous ne serons plus qu'à quelques mètres de notre objectif.

En moins de trente secondes, ils avaient franchi ces espaces, et Luis s'arrêta alors, le cœur battant.

— Deux secondes, chuchota-t-il en dressant une main devant lui.

À cet endroit, ils devaient redoubler de vigilance. Le chemin repassait par l'estrade qui faisait face au grand escalier, et ils seraient donc facilement visibles depuis l'atrium du rez-de-chaussée. Si un seul garde était en poste dans l'entrée, ils seraient immédiatement repérés.

Luis s'approcha du solide balustre de pierre et, retenant sa respiration, parcourut du regard le bas des marches.

Personne.

Il fit un rapide signe à Stacy et Eddy et, une fois atteint l'autre côté, leur sourit :

— Tout va bien pour l'instant, mais le plus compliqué reste à venir.

À ce moment, un bruit d'applaudissement retentit faiblement dans le palais, probablement depuis la Salle des colonnes, juste en face.

— Dépêchons-nous ! Ils vont sûrement bientôt finir !

À peine avait-il prononcé ces mots que des éclats de voix résonnèrent contre les murs du grand escalier, et Luis aperçut tout à coup trois silhouettes au pied des marches, prêtes à les gravir.

— Vite !

Ils se bousculèrent en direction de la galerie, le souffle court, omettant de contrôler la présence d'une patrouille à cet endroit, mais le couloir restait désert. Derrière les fins rideaux nacrés, une légère lueur pénétrait à travers les carreaux qui donnaient sur le *Patio del Principe*.

— Rasons le mur, fit Luis à voix basse. Personne ne doit nous voir par les fenêtres.

Pendant qu'ils longeaient la paroi intérieure, Luis sentait le sang battre à son cou, gonflé d'adrénaline. Le claquement de leurs pas sur les dalles de marbre se réverbérait tout doucement le long de la galerie vide ; un calme presque inquiétant régnait dans cette partie du *Palacio Real*. Finalement, Luis aperçut la porte du cabinet de l'antichambre, close.

Espérons qu'elle ne soit pas fermée à clé...

Le cœur emballé d'appréhension et d'excitation, il tendit une main tremblante vers la poignée et exerça une légère pression dessus.

Et la porte se laissa glisser sur ses gonds, sans résister.

Ignorant ce qui les attendait à l'intérieur, il poursuivit son mouvement avec lenteur, une goutte de transpiration perlant sur son front. Dans sa tête, l'image du puissant vigile aux bras croisés l'assaillait à chaque instant, menaçante...

Puis, tout à coup, un lourd grincement creva le silence, effroyablement amplifié par la voûte de la galerie.

— Qu'est-ce que c'est ?! s'exclama Eddy, pétrifié.

Luis avait aussitôt arrêté son geste, et le bruit avait immédiatement cessé. Tendant l'oreille, il attendit quelques secondes et remarqua qu'aucune lumière n'émanait de l'intérieur de la pièce.

Tout est éteint dedans, songea-t-il, satisfait.

Il poussa à nouveau sur la porte et sentit son sang se glacer quand, une seconde fois, l'épouvantable crissement se fit entendre.

— La porte ! siffla Stacy, les dents serrées.

Automatiquement, Luis tourna son regard vers les gonds mal graissés qui rendaient l'ouverture si indiscrète. Le panneau de bois n'avait pivoté que partiellement et n'aurait laissé passer quelqu'un qu'avec grande peine, mais Luis ne pouvait prendre le risque de faire plus du bruit.

— Faufilez-vous dedans ! s'exclama-t-il dans un souffle en bloquant la porte avec son pied.

Eddy fronça les sourcils.

— On sait pas s'il y a quelqu'un…

— Y a personne, tout est noir !

Ils observèrent d'un œil inquiet le sombre espace dans la pièce alors que, quelque part dans le couloir, des éclats de voix se firent entendre.

— Bougez-vous ! On n'a pas beaucoup de temps !

Il avait presque crié, mais Stacy et Eddy ne se le firent pas redire. Avec son mètre huitante-neuf, Eddy eut quelque mal à se faufiler par la fine ouverture, au contraire de Stacy qui, agilement, se glissa en un rien de temps à l'intérieur. Après avoir jeté un dernier coup d'œil au bout de la galerie, Luis s'enfila à sa tour par l'entrebâillement, et sa silhouette massive arracha un nouveau cri aux gonds crasseux.

Mais il était dedans.

On vient de franchir le point de non-retour, se dit-il alors.

Autour d'eux, la pièce entière était plongée dans l'obscurité. Seul un rai de lumière pénétrait dans l'antichambre par l'ouverture de la porte.

— Faut la refermer.

— Quoi ? s'exclama Eddy. Tu veux nous faire repérer ?

— Chut !

Luis tenta de distinguer le visage de ses amis, sans succès.

— Cette porte était fermée. Si on la laisse comme ça, ils vont se poser des questions !

Stacy porta une main devant sa bouche lorsque, d'un geste vif, Luis plaqua sa paume contre l'épais panneau de bois. Or, celui-ci n'émit aucun bruit en se rabattant, mis à part le petit claquement du pêne se relogeant dans la gâche.

Tout était noir à présent et, déjà, Luis s'avançait en direction de l'antichambre, bras tendus devant lui.

— On n'y voit rien du tout ! protesta Eddy, quelque part sur sa droite.

— Chut !

Mais il était trop tard. Des voix retentirent à ce moment, beaucoup plus distinctement que les précédentes, brisant net le calme qui régnait dans la première salle.

— Merde ! Ils arrivent !

Luis se figea sur place, ouvrit son sac, y fouilla quelques secondes à l'aveuglette et sentit enfin le petit objet métallique qu'il recherchait. L'instant d'après, un clic se fit entendre et une lueur orangée éclaira le visage de Luis. Dans sa main, une flamme dansait au bout de ses doigts.

Merci Jim.

— C'est pas vrai ?! demanda Eddy, ahuri. C'est celui que Jim t'a...

— Pas le temps, Ed !

Derrière la porte, la conversation se faisait de plus en plus nette. Stacy, affolée, tournait la tête dans tous les sens à la recherche d'une cachette.

— Vite ! Planquons-nous ! siffla Luis.

À ces mots, il se précipita dans l'antichambre de la reine, suivi par ses amis. À leur droite, les deux vitrines des violons les défiaient. Vides.

— Luis ! s'écria Eddy dans un souffle rauque. Faut qu'on ressorte !
— Pas question !
Mais la salle n'offrait aucun meuble assez imposant leur permettant de s'y glisser.
— Merde ! Vite !
Dans sa hâte, Luis éteignit son zippo, et tout s'évapora autour de lui. L'antichambre se changea en ténèbres, ses deux amis avaient été subitement ravalés par la pénombre... Une seule chose comptait à présent.
Se cacher.
Instinctivement, Luis se rua en avant et emprunta l'unique issue qu'il avait repérée, s'engageant ainsi dans une nouvelle pièce au moment même où un grand trait de lumière balaya celle où tous trois se trouvaient alors. Plusieurs personnes entrèrent dans l'antichambre et allumèrent les lampes, baignant les lieux d'une éclatante lueur.
Ébloui dans un premier temps par ce flash aveuglant, Luis retrouva rapidement la vue, et sentit son estomac se nouer.
À sa droite, seul Eddy le regardait, les yeux encore plissés par la clarté brutale.
— Où est Stacy ?! souffla-t-il à son ami.
Mais ce dernier se contenta de hausser les épaules. Dans l'antichambre, la conversation s'était tue et un véritable silence de mort régnait à la place.
Un silence plus qu'anormal...
Pétrifié, Luis retenait sa respiration, quand une vive voix éclata, quelque part de l'autre côté du mur :
— *¿ Qué pasa ?*
Nouveau silence.
Quelqu'un s'avança dans la pièce, faisant grincer le parquet de bois.
— *Creí haber escuchado...* dit une autre personne, un homme cette fois-ci.
Le sol grinça encore, et Luis eut la désagréable impression que l'individu se rapprochait d'eux.

Y a personne ici, pensa-t-il le plus fort qu'il put, comme pour convaincre mentalement cet homme à l'affût.

Mais un sinistre bruissement métallique lui hérissa les cheveux sur la tête, déchirant l'espace tel le tonnerre dans le ciel. Un son que Luis connaissait bien.

Des menottes !

Prêt à résister au garde, il lança un coup d'œil aguerri à Eddy, puis réalisa qu'il s'était mépris. Submergé par la peur, il avait confondu le bruit des menottes avec celui d'un trousseau de clés qui, au bout d'une main, remuait vigoureusement.

— *Nada. Reponed los instrumentos en su lugar.*

Luis inspira profondément. Personne ne les avait vus.

Intrigué par l'absence de Stacy, il s'approcha néanmoins de l'ouverture qui les séparait de l'antichambre et, avançant prudemment sa tête par l'issue, chercha Stacy du regard. Un immense soulagement l'emplit lorsqu'il l'aperçut accroupie derrière un gros radiateur mobile, situé devant l'une des fenêtres aux volets clos. De l'autre côté, sur la Plaza de Oriente, personne ne pouvait se douter de ce qui se passait dans les murs du palais.

À cet instant, Luis vit une silhouette se glisser vers la grande vitrine du violoncelle, à moins de deux mètres d'où se cachait son amie, aussi se recula-t-il rapidement pour masquer son visage.

— *¡ Es realmente maravilloso poder tocar estos instrumentos !* déclara une voix de femme.

Luis sentit son sang faire un tour dans ses veines.

Ce sont les musiciens !

— Ils ne doivent pas fermer les vitrines ! s'exclama-t-il le plus silencieusement possible.

— Difficile de les en empêcher, fit Eddy du bout des lèvres.

D'autres personnes venaient d'entrer dans la salle, engagées dans un échange tumultueux, puis une voix cassée tonna dans l'antichambre.

— *¿ Todo está ordenado ?*

Luis crut reconnaître le gardien bourru de tout à l'heure.

— *Casi.*

À sa gauche, Eddy ne cessait d'observer Luis, perplexe.

On fait quoi ?

Mais Luis, incapable de trouver une solution, se contentait de réfléchir et d'essayer de comprendre ce qui se passait dans l'autre pièce. Un filet de sueur lui glissa dans la nuque, il y avait bien une dizaine de personnes dans la salle des violons !

L'attente était interminable. Si ces types verrouillaient les vitrines, ils ne pourraient plus les ouvrir eux-mêmes sans risquer de déclencher une alarme. Il fallait agir vite.

Mais ce serait sauter dans le vide que de se dévoiler maintenant, estima Luis à contrecœur.

Tout à coup, Eddy lui donna un énergique coup de coude dans les côtes.

— Luis ! On fait quoi ?

Celui-ci le fusilla du regard, portant une main là où il avait reçu le coup.

— *¡ Ya está ! Los Stradivarius están en su lugar !*

Luis se massa le thorax, puis se risqua une nouvelle fois à jeter un œil de l'autre côté du mur. Stacy, derrière sa cache, tapotait nerveusement sur le cadran de sa montre en lui faisant des grimaces.

Le temps était compté.

Avec son métier, Luis avait l'habitude de faire face à plusieurs adversaires en même temps. Son expérience et son physique bien entraîné lui permettaient de neutraliser sans trop de peine les divers criminels qu'il pourchassait, et il était même devenu l'un des meilleurs hommes de terrain de la brigade.

Néanmoins, cette fois-ci, tout était différent, les rôles étaient inversés. Aujourd'hui, c'était lui le criminel... Et c'étaient ces hommes, dans la pièce à côté, qui possédaient les atouts, notamment une belle ceinture d'accessoires et une redoutable arme à feu...

Mais, une fois les vitrines verrouillées, il sera impossible de récupérer les violons.

Ils devaient le faire.

Maintenant.

Le souffle court, Luis allait s'élancer à travers le cadre de la porte lorsque la voix rude se fit à nouveau entendre.

— ¡ *Pedro, cierra las vitrinas* !

Incapable de se lancer dans l'antichambre, Luis se retourna et donna un coup de poing contre le mur, faisant retentir un bruit sourd.

— ¿ *Qué era ?*

Luis se mordit la lèvre.

Merde !

Malgré le danger présent dans la pièce attenante, sa frustration commençait à se changer en colère, incontrôlable.

— *Nada*, répondit un autre homme. *He golpeado la vitrina con el pie.*

L'Américain ferma les yeux et secoua la tête, complètement désemparé.

Les violons vont nous échapper !

Tout d'un coup, il y eut beaucoup de mouvement dans l'antichambre. Plusieurs voix se firent entendre à nouveau. Le parquet craqua, un lourd grincement s'éleva et les voix s'estompèrent. Enfin, le bruissement des clés reprit de plus belle.

— Regarde ! chuchota Eddy.

Celui-ci s'était avancé à son tour pour observer la salle, et Luis se glissa derrière lui.

La main posée sur le radiateur, Stacy fixait quelque chose, au milieu de la pièce, à moitié debout. Sa tête dépassait largement au-dessus du bloc chauffant et il suffisait que quelqu'un regarde dans sa direction pour la repérer.

— Stacy ! Non ! siffla Luis, pris de panique.

Une porte se referma quelque part, et là, il crut que son cœur s'arrêtait.

D'un pas vif et décidé, Stacy s'était brusquement élancée hors de sa cachette. Instinctivement, Luis bondit sur ses talons et fit irruption dans l'antichambre. Un homme se tenait devant la vitrine d'un des violons, un jeu de clés dans sa main droite, mais, déjà, Stacy arrivait sur lui. Luis se figea sur place lorsque son amie, en un mouvement, lui saisit le poignet par-derrière et lui fit une incroyable clé de bras, plaquant aussitôt une main sur la bouche pour l'empêcher de hurler.

Effrayé, l'Espagnol laissa tomber le trousseau à terre.

— ¡ *Deja estas vitrinas abiertas* ! ordonna-t-elle d'une voix ferme mais silencieuse.

Immobilisé par l'implacable prise de Stacy, le gardien tenta de crier, mais seul un son étouffé s'échappait des doigts solidement collés sur son visage. Stacy se montrait tenace :

— ¡ *Càllate* ! ¡ *Ciérralo y no te pasarà nada* !

Ce n'est qu'à ce moment que Luis réalisa l'absence des autres personnes, et il nota que l'homme sans doute en charge de verrouiller les vitrines ne portait pas la redoutable ceinture de sécurité qu'il avait vue chez certains agents.

Le New-Yorkais savait son amie endurante, mais il sentait bien qu'elle ne tiendrait pas longtemps en joue cet individu qui, déjà, se débattait à l'aide de son bras resté libre.

Si cet homme est simplement là pour refermer, les vrais gardiens risquent de rappliquer s'il met trop de temps...

D'un pas vif, Luis s'avança, contourna Stacy et le garde avant de s'immobiliser juste devant lui, la tête droite et les mains sur les hanches. L'Espagnol, sans doute surpris par son arrivée — ou par sa massive corpulence — cessa aussitôt de s'agiter et dévisagea Luis de haut en bas d'un regard craintif.

— ¡ *Eschúchame ya* ! reprit Stacy, les dents serrées. ¡ *Somos más de dos, así no te pases de listo* !

Luis s'avança vers lui, l'air sévère, en déployant ses solides épaules le plus largement possible.

La terreur se lisait dans les yeux du gardien.

— ¿ *Hablás inglés* ? demanda Stacy du même ton sec.

L'homme acquiesça rapidement, tremblant de toute part.

— Bien, dit Luis, très calmement. Voilà ce qui va se passer.

Il fit encore un pas en avant, et l'Espagnol eut un réflexe de recul, entravé par Stacy.

— Nous allons te relâcher, et tu vas nous laisser regarder de près ces deux violons. Notre intention n'est pas de voler ou d'abîmer quoi que ce soit, ni même de blesser qui que ce soit. Mais, pour ça, tu dois nous aider et rester tranquille.

Luis lui agrippa fermement la nuque.

— Crois-tu pouvoir le faire ? demanda-t-il d'un ton menaçant.

Les yeux exorbités, l'Espagnol remua sans hésiter la tête de bas en haut, autant que le lui permettaient ses deux entraves.

— Bien ! reprit Luis en retirant sa main, satisfait. Je savais qu'on pouvait compter sur toi. Stacy ?

Il observa vers son amie, laquelle n'avait toujours pas libéré le gardien.

Une étrange lueur brillait dans son regard, comme si elle s'exaltait de ce moment, et, pendant quelques secondes, fixa l'Espagnol avec avidité avant de lui relâcher le poignet. Aussitôt, l'homme fit quelques pas de côté en se massant le bras, dévisageant d'un air furieux celle qui l'avait ainsi agressée.

— As-tu déjà verrouillé les vitrines ? demanda finalement Luis en se tournant tranquillement vers la première, juste derrière lui.

Il se déplaça sur le côté du meuble, comme il l'avait fait plus tôt dans l'après-midi puis, doucement, fit glisser ses doigts le long du cadre en bois. Mais la petite portière se laissa emporter sans résistance.

— Parfait… fit l'Américain.

Le cœur battant, il ouvrit le battant en entier puis, tremblant sous l'émotion, tendit lentement son bras musclé vers le frêle manche du Stradivarius.

Les violons décorés, un des plus fabuleux patrimoines de l'humanité...

Au moment de refermer sa main dessus, Luis se ravisa et se retourna vers Stacy et le gardien, prenant alors un air très solennel.

— Les amis, je suis sur le point de saisir l'un des objets les plus fantastiques qui existent sur cette planète. Je ne veux pas que quoi que ce soit de malheureux arrive à ces violons.

Il redressa son regard derrière eux, vers le coin opposé de la pièce.

— Ed ?

Son grand homme qui était resté embusqué jusque là se dévoila d'un coup, rejoignant Stacy aux côtés de l'Espagnol. Ce dernier le dévisagea, puis fixa à nouveau Luis.

— Pas le temps pour des questions, dit-il en voyant l'Espagnol ouvrir la bouche. Viens par ici, s'il te plaît.

Stacy donna une légère tape sur l'épaule de leur captif, lequel s'avança immédiatement, toujours aussi inquiet.

— Comment t'appelles-tu ? lui demanda Luis.

— Pedro.

— Bien. Avec l'aide de Stacy, je vais sortir le violon de sa vitrine. J'aimerais pouvoir te laisser seul, mais afin de garantir notre sécurité et surtout celle de cet instrument, notre ami Eddy veillera à ce que tu ne tentes pas de fuir ou de donner l'alerte.

Il marqua une pause, s'assurant que le gardien avait bien compris ce qu'il venait de dire.

— Suite à cela, reprit-il, toujours aussi calmement, nous devrons observer de très près chacun de ces deux Stradivarius. Je ne peux pas t'en dire plus, mais sache seulement qu'ils sont la clé d'une découverte historique sans précédent. Lorsque nous aurons trouvé ce que nous cherchons, nous reposerons les violons en place et nous nous en irons. Pouvons-nous compter sur toi ?

Pedro, incrédule, fixa à tour de rôle ces étrangers qui lui demandaient de l'aide. Personne ne devait toucher ces Stradivarius, en dehors des conservateurs ou des musiciens. Ce qu'ils lui ordonnaient en ce moment était strictement contraire aux règlements du Patrimoine National.

— Pas de vol, pas de dégât, pas de blessé, résuma Luis. Personne n'en saura rien.

Pedro réfléchit un instant et s'apprêtait à donner sa réponse lorsque quelqu'un l'appela tout à coup, quelque part dans la galerie. Tous les quatre tournèrent aussitôt la tête vers la première antichambre.

— ¡ Pedro !

— Ils arrivent ! chuchota Eddy.

Luis sentit les battements de son cœur s'accélérer.

Non ! Pas maintenant !

— ¡ Ya voy ! cria Pedro d'une puissante voix. ¡ Liego immediatamente !

En entendant l'Espagnol hurler ainsi, Luis crut qu'il en profitait pour demander de l'aide à ses collègues, et il sentit une immense chaleur l'envahir.

Espèce de...

Alors, Pedro plaqua ses mains dans le dos de Stacy et Eddy et les éloigna de la vitrine.

— Là derrière ! s'exclama-t-il avec un fort accent ibérique. Vite !

Tous deux se laissèrent entraîner vers la pièce où Luis et Eddy s'étaient cachés avant, et Luis, étonné, les suivit du regard, ne sachant pas s'ils devaient retourner s'abriter maintenant que Pedro les connaissait.

— ¡ Pedro ! tonna une nouvelle fois la voix, beaucoup plus proche.

Cette fois, Luis courut vers l'autre salle sans hésiter plus longtemps et entendit la grande porte grincer juste après, à l'entrée du cabinet de la Reine. Quelques pas sourds résonnèrent dans l'antichambre et la voix s'éleva à nouveau.

— ¿ Qué está pasando ?

Silence.

Pedro, de son côté, n'avait pas eu le temps de retourner auprès des instruments et restait planté à un mètre de l'ouverture qui donnait sur la pièce secondaire où se trouvaient les trois Américains.

— ¡ Coño, Pedro !

Quelqu'un ramassa le trousseau que l'Espagnol avait laissé tomber plus tôt, devant la vitrine.

— ¡ *Cuidado con astas llaves* !

Luis entendit un petit bruissement métallique, suivi peu après d'un court choc clinquant, tout près de lui. Le nouveau venu avait attrapé les clés et venait de les lancer à Pedro.

— *Disculpa*, répondit ce dernier, légèrement mal à l'aise. *Sólo... Sólo estaba verificando algo.*

Luis, qui ne parlait pas un mot d'espagnol, n'avait aucune idée de ce que racontaient les deux Espagnols, mais Stacy acquiesça silencieusement, comme pour le rassurer.

Alors, Pedro s'éloigna vers le centre de l'antichambre.

— ¡ *Cierra estas vitrinas* ! rugit le gardien. ¡ *Estoy muerto* !

Peu après, un léger claquement retentit, suivit à nouveau du bruit du trousseau qu'on agite.

Merde ! Les vitrines !

La panique se dessina sur les traits de son visage, mais Luis ne pouvait plus rien faire. Pedro avait choisi l'autre camp, et tous les gardes allaient leur tomber dessus d'ici peu ! Sentant le sang battre violemment contre sa tempe, Luis entendit encore l'Espagnol sécuriser les derniers instruments, puis attendit le moment fatidique où ces hommes s'avanceraient jusqu'à leur cachette.

Mais ce moment ne vint pas.

Les lumières de l'antichambre s'éteignirent, la lourde porte du cabinet de la Reine fut refermée et, après quelques secondes, l'épais silence qui régnait auparavant dans la salle se réinstalla. Luis ralluma son zippo, projetant une nouvelle fois sa lueur tremblotante contre les parois du palais.

Tout espoir de découvrir l'indice aujourd'hui était mort et, à cette pensée, il sentit la colère monter en lui. Pourquoi n'avaient-ils pas mieux préparé leur coup ? Pourquoi n'avaient-ils pas simplement assommé ce Pedro ? Ils avaient perdu un temps précieux à essayer de le convaincre.

Pour rien.

— Regarde... dit alors Eddy d'une voix très calme.

Il s'était reculé vers le centre de la pièce, et observait une grande vitrine d'un air fasciné. À l'intérieur reposait une magnifique couronne de vermeil fermée d'ornements végétaux, soigneusement exposée sur un tissu d'un rouge sombre et profond. La partie supérieure de la coiffe royale était garnie de velours et, à son sommet, les huit rameaux décoratifs se rejoignaient pour donner naissance à une petite sphère, surmontée d'une fine croix.

— La couronne d'Espagne...

Luis sentit la tension monter d'un cran en lui.

Le pire reste sans doute à venir, et lui, il pense à cette couronne !

— Ed ! Nous devons faire vite !

Son ami continuait de marcher vers une autre vitrine, adossée contre le mur au fond de la pièce.

— J'ai pas vu cette salle l'autre jour, y'avait tellement de monde...

— Ed ! Pedro va sûrement nous dénoncer et on doit encore sortir de ce palais ! Si on se dépêche pas, ils vont nous repérer !

Mais Eddy restait intrigué par cette partie du palais qu'il n'avait pas visitée. Luis, bouillonnant, prit les devants et s'avança dans le sens opposé pour retourner dans l'antichambre, immédiatement suivi par Stacy.

Il nous rejoindra, songea Luis.

— Il s'est bien joué de nous, ce Pedro ! s'exclama-t-il finalement en s'arrêtant devant l'un des violons, hors de portée à présent.

Il repensa avec un pincement au cœur à cet instant où ses doigts n'étaient qu'à quelques centimètres du manche de l'instrument.

— T'as compris ce qu'ils ont dit ?

Stacy haussa les épaules.

— Rien d'extraordinaire. Le type a demandé à Pedro de refermer les vitrines.

— Et bien sûr, il l'a fait ! maugréa Luis d'un air rageur en glissant sa main sur le cadre en bois, là où se trouvait normalement l'ouverture.

Alors, il sentit son cœur faire un bond.

— Mais…

La portière vacilla sous la pression de ses doigts.

— Qu'est-ce que ça veut dire ? s'interrogea-t-il en tirant la petite vitre, stupéfait de la voir venir presque d'elle-même.

Il avait pourtant bien entendu la clé tourner dans le verrou, moins de cinq minutes plus tôt. Que s'était-il passé ?

Repassant les derniers instants dans sa tête, Luis se remémora cette voix dans la galerie, Pedro qui poussait ses deux amis dans la chambre à côté, ce moment où les gardes avaient quitté la salle… Une seule explication possible : Pedro les avait intentionnellement laissées ouvertes.

Mais pourquoi ?

Pour quelles raisons leur faisait-il confiance, alors qu'eux-mêmes s'en étaient pris à lui physiquement ? Avec le reste de la patrouille, Pedro n'aurait plus rien eu à craindre d'eux…

— Luis !

Le ton pressant de Stacy le ramena au présent.

— On n'a pas beaucoup de temps ! N'importe qui peut venir ici !

Luis tendit sa main libre vers le violon et resserra ses doigts sur le manche multiséculaire. D'un mouvement délicat, il le souleva et le tira lentement vers lui. Stacy, juste à côté de lui, réceptionna le corps de l'instrument et, ensemble, ils s'accroupirent pour l'observer.

À sa droite, Luis sentait contre lui la chaleur de la présence de son amie, et il remarqua qu'elle avait le souffle assez rapide.

— Bien, chuchota Luis en reportant son attention sur le violon. Les recherches de cet après-midi n'ont rien donné.

Il avait parlé aussi doucement que si sa voix eut pu réduire le Stradivarius en miettes.

— Nous devons nous concentrer sur ce qui est caché de tout le monde.

Il tourna alors la tête vers Stacy comme pour s'assurer qu'elle avait bien compris et constata qu'elle le regardait. Pendant quelques secondes, leurs yeux restèrent ainsi fixés l'un sur l'autre, figés par l'intensité de ce moment. Un éclat imperceptible paraissait jaillir et relier les deux amis, illuminant d'une émotion invisible la salle plongée dans la pénombre. Une étrange vague de chaleur sembla émaner du précieux violon que protégeaient leurs doigts avec soin et, très légèrement, ces mêmes doigts relâchèrent d'une impulsion commune leur étreinte pour glisser le long du corps du Stradivarius, cherchant discrètement la voie vers le trésor perdu.

À ce moment, Eddy fit irruption dans l'antichambre et, complètement halluciné de voir Stacy et Luis porter l'un des Stradivarius, se dépêcha de les rejoindre et de s'accroupir à son tour auprès d'eux. Ils se tournèrent aussitôt et élevèrent l'instrument vers lui.

— Ed, tout va bien.

Luis acquiesça encore pour renforcer ses propos, puis se pencha sur le Stradivarius. Comme ses mains en tenaient le manche, il se mit à examiner avec grand sérieux la tête et les chevilles du violon.

Quelque part sous ces motifs se cache la clé de l'énigme, songea Luis, émerveillé.

Pleinement absorbé par son inspection, il ne remarqua pas le regard pétillant de Stacy qui continuait de le fixer sans ciller, un léger sourire sur les lèvres. Après un petit moment, elle commença elle aussi à scruter les ornements multiséculaires en se concentrant sur le corps et autour des ouïes.

Au bout d'une dizaine de minutes sans résultat, elle proposa finalement de retourner le violon pour en vérifier le fond, mais aucun chiffre, aucun indice n'y figurait non plus. Alors, Eddy se laissa retomber en arrière, découragé par ce nouvel échec.

— Ton plan est un guet-apens, Luis ! On va rien trouver, et on va se faire arrêter en plus ! Je n'aurais jamais dû…

— Arrête ! le coupa Luis. Tu étais autant convaincu que moi et…

Il se figea tout à coup, les yeux rivés au centre de l'instrument.

Sous le regard intrigué d'Eddy, Luis venait de saisir le Stradivarius par l'éclisse et l'avait plaqué contre son œil, faisant vibrer l'une des cordes au contact de sa peau. De son autre main, il approcha la flamme de son zippo du précieux corps en bois.

— Luis, attention avec…

— Là ! s'écria-t-il alors. Regardez !

À travers l'ouïe du violon, Luis avait aperçu une petite étiquette à l'intérieur, collée contre le fond, où un court texte manuscrit était annoté. Il passa le Stradivarius et le briquet à Eddy, lequel lut à haute voix.

— Antonio Stradivarius Cremonensis, 1709.

Il abaissa l'instrument.

— Désolé de te décevoir, Luis, mais y'a rien d'extraordinaire là-dedans. Qu'est-ce qu'on est censé y trouver déjà ? Un lieu ?

— Une coordonnée, répondit Stacy en prenant à son tour le violon.

— Alors la date est peut-être truquée et…

Luis secoua la tête.

— Non, elle correspond. C'est autre chose.

— L'année de fabrication a peut-être été choisie pour renvoyer à un lieu, si on convertit la date en coordonnée.

— C'est impossible, répliqua Luis. Les violons sont tous les deux de 1709. À supposer que ce nombre représente une coordonnée, je te laisse imaginer à quoi ça équivaut.

Eddy fit un rapide calcul dans sa tête.

— Ça ferait 1° 70′ 90″ ?

— J'en sais rien, nuança Luis. Une coordonnée a plus que quatre chiffres habituellement. À mon avis, c'est même pas la peine de chercher de ce côté. Avec une latitude de 1°, on serait aux environs de l'équateur…

Eddy garda les yeux rivés sur Luis, réfléchissant à quel lieu cela pouvait correspondre, mais Stacy intervint tout à coup.

— Ici, il y a autre chose…

Ils se tournèrent tous les deux vers elle.
— Qu'est-ce que tu dis ?
— Y a autre chose.
Elle tenait l'instrument dans l'autre sens et avait regardé à travers la seconde ouïe.
— C'est un peu caché, mais c'est écrit quelque chose...
Elle déplaça très légèrement le zippo, lequel permettait d'éclairer l'intérieur du violon par le petit trou.
— En face de...
Luis sortit aussitôt un carnet de son sac.
— En face de quoi ?
— Attends !
Elle orienta une nouvelle fois le Stradivarius différemment.
— En face de la Reine andalouse, dit-elle en rabaissant l'instrument.
— C'est tout ? demanda Luis, stylo en main.
— Oui. Qui c'est, la Reine andalouse ?
— On verra plus tard, répondit-il en se relevant.
Il attrapa le violon que Stacy lui tendait.
— Tu crois vraiment que c'est ça ? fit alors Eddy, sceptique. On cherchait une coordonnée, non ?
— Si ce n'est pas ça, alors on n'est pas sur la bonne piste, dit-il simplement en remettant l'instrument en sécurité sur son présentoir, refermant délicatement la petite portière.
Pedro se chargera de les verrouiller.
— Attends... l'arrêta son ami. Explique-moi comment cette phrase peut mener à un lieu alors que...
— Ed, on n'a pas le temps pour ça maintenant !
Il avait ouvert la seconde vitrine et tendait les mains vers le manche de l'autre violon.
— Tu avais parlé de coordonnées, Luis ! Deux violons, deux paires de chiffres...

Mais Luis n'écoutait plus. Déjà, Stacy avait attrapé l'instrument et en approchait le briquet, plaçant son visage tout près du petit orifice en volute.

— Arrêtez ce cirque ! se désespéra Eddy devant leur excitation. On va de nouveau se retrouver avec un truc insensé !

— Tu vois quelque chose ? demanda Luis à son amie, prêt à noter ce qu'elle lui dicterait.

— Oui... C'est un peu effacé, je crois.

Elle plissa les yeux et s'efforça de lire l'inscription.

— Le premier... aigle ?

Eddy secoua la tête, écœuré.

— N'importe quoi !

— Le premier aigle, oui, poursuivit-elle, toujours aussi concentrée. C'est bien ça. Le premier aigle... veille sur...

— Veille sur... répéta Luis en consignant la phrase dans son carnet.

Il porta son regard sur Stacy qui tardait à dévoiler la suite du message. Lentement, elle dépliait son bras pour incliner le Stradivarius d'une meilleure façon. Les doigts crispés sur son calepin, Luis admirait l'application de son amie dont les cheveux caressaient le corps de l'instrument et, fasciné par ses mouvements, attendait avec bienveillance ce qu'elle prononcerait.

— Veille sur sa pépite !

Luis griffonna à la hâte les derniers mots et referma d'un geste sec son carnet, l'air satisfait.

— Magnifique ! s'exclama-t-il en lui souriant. Rangeons cet instrument et tirons-nous de là !

CHAPITRE 4

Le lendemain, les trois amis se retrouvèrent dans le hall de l'hôtel, après le petit-déjeuner. La veille, en sortant du *Palacio Real*, ils s'étaient mis d'accord pour attendre le matin avant de débuter l'analyse de l'indice, analyse qui nécessitait certaines recherches complémentaires. Chacun avait entretemps profité de quelques heures de sommeil pour se reposer, mais lorsqu'il avait vu Stacy entrer dans la salle à manger, les yeux petits et tous rougis, Luis avait eu la nette impression qu'elle avait passé une nuit blanche. Et cette impression ne l'avait plus quittée depuis.

Après tout, on n'a pas beaucoup dormi, s'était-il dit pour se rassurer.

Tous les trois avaient rapidement avalé leur repas, et ils s'engageaient à présent dans la rue, menés par Luis.

— Je connais un cybercafé pas loin d'ici. Ça devrait nous convenir.

— Peut-être, répondit Eddy, légèrement contrarié de ne pas avoir pu savourer davantage le buffet de l'hôtel. N'empêche que je ne comprends toujours pas pourquoi vous vous fiez à ces mots !

Depuis leur réveil, il n'avait cessé de protester, et Luis sentait ses nerfs arriver à bout.

— Ed, c'est la suite de la piste ! Tu ne peux plus le nier maintenant !

— Tu parles, ça n'a rien à voir, ouais ! On cherchait des coordonnées, je te rappelle, pas du charabia !

— C'est ce que je pensais, en effet. Mais il n'y a aucun doute que cette phrase vienne bel et bien de Louis XIV !

Eddy lui jeta un regard.

— Prouve-le.

Aussitôt, Luis s'arrêta, fixa son ami quelques secondes, un air de défi dans les yeux, puis, reprenant sa route, annonça :

— Donne-moi une seule raison pour qu'un luthier italien du XVIIe siècle inscrive à l'intérieur de deux de ses violons des propos aussi mystérieux, en français qui plus est.

Là, Eddy resta sans mot et baissa la tête, suivant du regard le mouvement de ses pieds.

— Et puis, poursuivit Luis, j'ai repensé à un truc, cette nuit, avant de m'endormir.

Eddy leva à nouveau les yeux.

— Charles II a retrouvé un indice qui mène au trésor, indice sans aucun doute laissé par Charles Quint durant son règne, au XVIe siècle. Or, à cette époque, la cartographie n'était pas aussi pointue qu'aujourd'hui.

— Et alors ?

— Et alors ? répéta Luis.

Il s'arrêta une seconde fois, imité par ses amis.

— Et alors les cartes telles que nous les connaissons de nos jours n'existaient pas. À la place, on utilisait des portulans, sorte de représentation schématique et géométrique illustrant une région et ses différents courants. Ce n'est qu'au XVIIIe siècle que les cartes de navigation détaillées apparurent, dès que le calcul des méridiens fut rendu possible.

— Pardon ? s'étonna Eddy. Les marins devaient bien s'orienter en mer, non ?

— Absolument, répondit Luis en poursuivant leur chemin. Ils possédaient même des instruments de mesure très précis pour observer le ciel grâce auquel ils se repéraient. On parlait alors de navigation astronomique. Mais, si le calcul des latitudes était aisé avec ces outils, il en était tout autre pour les longitudes. De nombreux naufrages sont d'ailleurs survenus en raison de ces voyages hasardeux. Face au trafic marin grandissant et à l'augmentation des risques qui en découlait, le Parlement britannique décida un jour d'offrir une récompense de 20 000 £ à quiconque trouverait un moyen fiable de définir les longitudes.

— OK, l'interrompit Eddy. C'est cool, mais on s'en fout de tout ça. Notre indice...

— Au contraire ! rétorqua Luis, emporté dans son récit. Cet élément est justement la preuve que nous sommes sur la bonne piste ! Tu vas voir.

Les trois Américains s'engagèrent dans une petite rue latérale, au bout de laquelle Luis reconnaissait l'enseigne où il s'était déjà rendu, quelques jours plus tôt.

— Pour mesurer les longitudes, il fallait pouvoir établir la différence d'heure entre le port de départ et celui d'arrivée. Autrement dit, entre le méridien de référence et le méridien inconnu. Malheureusement, les horloges de l'époque se déréglaient très vite sous le climat difficile de l'Atlantique, et il était impossible de comparer les deux heures. C'est finalement un horloger anglais qui parvint à résoudre ce problème épineux après avoir inventé une nouvelle horloge d'une grande résistance et d'une grande précision, en 1736. Depuis, les cartes n'ont cessé de gagner en détail et, aujourd'hui, les systèmes de GPS ne sont qu'une évolution dans le processus d'orientation.

Eddy fronça les sourcils.

— Quel est le lien avec notre indice ?

— C'est simple : historiquement, il est impossible que Charles Quint ait laissé un indice sous forme de coordonnées, puisque la moitié des chiffres nécessaires n'était pas disponible — en tout cas pas de façon ciblée.

— Bon, je veux bien, répondit Eddy en le regardant, mais en attendant, la phrase des violons a été inscrite sous Louis XIV, au XVIIIe siècle, et non pas par Charles Quint.

— Précisément ! dit Luis en s'arrêtant devant la porte, posant une main sur la poignée. Et crois-tu que le Roi-Soleil ait réinventé l'énigme, alors que lui-même ne savait rien de ce trésor ?

Il fixa son ami quelques secondes, lequel semblait réfléchir à ces propos.

— Bien sûr que non, mais…

Luis acquiesça.

— Louis XIV n'a fait que transmettre plus loin l'information qu'il a reçue de Charles II, en annexe de son testament. Un indice qui date en réalité du XVIe siècle.

À ces mots, il poussa sur la porte et entra dans le café, laissant Eddy à moitié étonné sur le seuil.

Après quelques minutes, ils se retrouvèrent tous les trois installés devant l'un des écrans et le petit carnet de notes de Luis était déjà posé sur la table, à côté du clavier.

— Face à la Reine andalouse, le premier Aigle veille sur sa pépite. Explique-moi comment…

— Ed, s'il te plaît, soupira Luis. Aie confiance en ces mots, c'est tout ce que je te demande !

Mais, plus que l'énigme, c'était Stacy qui intriguait Luis en ce moment. Assise à sa gauche, la jeune femme restait silencieuse, les mains croisées sur ses cuisses, le regard plongé vers le sol. Luis se tourna vers elle.

— Stacy ?

Elle ne réagit pas.

— Stacy, qu'est-ce qu'il y a ? s'inquiéta-t-il en posant une main sur les siennes.

Elle leva les yeux vers lui, sans répondre. L'éclat de joie qui y brillait lorsqu'ils s'étaient retrouvés la veille avait disparu, et même les œdèmes sur son visage semblaient plus marqués qu'avant.

— Stacy, qu'est-ce qu'il y a ? répéta Luis. T'as pas dit un mot depuis le petit-déjeuner.

Là, elle ferma les paupières un court instant, puis les rouvrit.

— Luis, j'ai...

Le New-Yorkais la considéra d'un air grave, encore plus préoccupé.

— J'ai fait n'importe quoi ! s'exclama-t-elle.

Ses yeux s'humidifièrent.

— Qu'est-ce que tu racontes ?

— Hier soir...

Elle essuya une larme.

— Pedro... Je lui ai sauté dessus ! Il n'avait rien fait et...

Sa voix se cassa, vaincue par l'émotion, et Luis échangea un regard inquiet avec Eddy.

— J'aurais pu le blesser et... et... Merde ! J'ai jamais rien fait de mal dans ma vie !

Elle fondit en larme, complètement bouleversée, et Luis serra sa main dans les siennes.

— Stacy, écoute-moi.

Son amie releva la tête, les yeux rougis sous les sanglots.

— Stacy, tu as fait ce qui était juste.

— Mais non ! J'ai attaqué cet homme alors qu'il...

— Stacy.

Le ton de sa voix était ferme, mais doux.

— On a tous fait quelque chose de mal un jour. Tu connais notre passé mieux que personne, et ce que tu as fait hier, c'est rien du tout en comparaison.

— Exactement, renchérit Eddy, souriant. Tu lui as bien fait peur, ça c'est sûr, mais c'est grâce à toi qu'on a pu accéder aux violons !

— C'est ça ! fit Luis, ravi d'avoir le soutien de son ami. C'était un peu de la folie de t'élancer vers Pedro comme ça, mais c'était efficace !

Stacy esquissa un discret sourire.

— Et surtout, on a été réglo avec lui après, et je crois bien que c'est ça qui a payé. Souviens-toi ! On n'a jamais eu l'intention de lui faire du mal, nous devions juste… le convaincre.

Elle les regardait tous les deux, émue.

— Et même si vous avez joué aux durs, tous les deux, reprit Eddy, vous l'avez plus intrigué qu'inquiété au final. Vous avez avoué que, sans son aide, rien n'était possible pour nous.

Elle les observa à tour de rôle un petit moment, légèrement rassurée.

— Oui, c'est vrai, dit-elle finalement. Mais, tout de même…

Son regard se fit à nouveau lointain, et Luis sentit bien que le tracas ne l'avait pas réellement quittée.

— Stacy, reprit-il, se penchant un peu vers elle. Même si on lui a peu forcé la main, on a été correct avec lui.

Mais, encore une fois, elle abaissa les yeux, comme rongée par un souvenir.

— Je sais Luis, mais…

Elle se mordit la lèvre puis, d'une voix tremblante, murmura :

— J'ai peur…

Sa respiration s'était faite saccadée, et Luis sentait à présent l'intense émotion qui sommeillait en elle.

— J'ai peur… de la suite. Du futur.

Elle ferma les yeux et pencha la tête en avant.

— J'ai peur de moi !

Ces mots s'imprimèrent aussitôt dans l'esprit de Luis, mais il n'eut pas même le temps de répondre que Stacy reprit.

— Qu'est-ce que je vais devenir ? sanglota-t-elle. Chris ne va jamais me pardonner d'être reparti, il...

Elle se remit à pleurer, essuyant sans cesse les larmes qui perlaient au coin de son œil, et Luis lui prit la main.

— Stacy, on est là, lui dit-il, plein de compassion. On sera toujours...

— Mais regarde-moi ! s'écria-t-elle soudainement en se redressant. Regarde-moi !

Déformés par une colère secrète, ses traits s'étaient profondément marqués et lui donnaient un air terrifiant aux côtés de ses deux blessures noirâtres. Luis, qui se voulait rassurant, ne fut que plus encore troublé en la découvrant ainsi.

— Je ne suis plus rien, Luis !

— Mais non, Stacy...

— Je suis abominable ! s'exclama-t-elle. Regarde, hier soir, comme j'ai agi avec Pedro ! Je me sentais puissante ! Je pouvais lui faire du mal et... et...

Elle soupira.

— Et ça m'a fait du bien !

Luis revit l'étrange voile qui s'était dessiné sur le visage de son amie, la veille, quand elle maintenait l'Espagnol sous son emprise alors que lui-même avait demandé de le relâcher.

— J'aurais voulu lui faire du mal...

Finalement, elle s'effondra à nouveau sur la table, terrassée par les larmes, la tête enfouie entre ses bras.

— Je vais finir comme lui, Luis ! Je vais finir comme lui !

Je vais finir comme lui.

Luis savait très bien à qui Stacy faisait référence, mais c'est le cœur serré qu'il devait se résoudre à l'évidence.

Il ne pouvait rien faire pour l'instant.

— Stacy, écoute-moi.

Il posa une main sur son bras et, jetant un coup d'œil perplexe à Eddy, attendit qu'elle se fût un peu remise.

— Stacy, tu ne finiras pas comme lui.

Sa voix était chaude et tendre.

— Tu sais très bien qu'au fond de toi, tu n'es pas comme ça, et jamais personne ne pourra te changer.

Elle leva ses yeux larmoyants vers lui.

— Tu t'es toujours laissée faire, depuis toutes ces années. Tu es restée dans le silence, tu as subi des choses que je préfère ne pas imaginer…

Traversé par un soudain élan d'amertume, Luis détourna le regard et ravala sa salive.

— Tu as toujours vécu dans l'ombre de Chris, reprit-il, la voix tremblante. C'est normal d'avoir apprécié ce moment où le pouvoir était entre tes mains, où tu pouvais, toi aussi, décider du sort de quelqu'un.

Elle s'essuya une nouvelle fois les yeux avant d'acquiescer timidement. Luis cherchait ses mots entre son cœur et ses souvenirs.

— Lorsque cette force est de ton côté, c'est toi qui peut définir comment l'avenir se profilera. Crois-en mon expérience de policier.

Alors, il plongea ses pupilles dans celles de son amie, et c'était comme si, d'un même éclat, elles brillaient d'un espoir commun.

— Nous sommes tous maîtres de nos vies, il n'appartient qu'à nous d'en choisir le chemin.

À ces mots, Luis lui prit la main et la serra fortement dans la sienne, une larme au coin de l'œil.

— Personne d'autre ne peut décider pour toi, Stacy. Personne.

Ils s'observèrent tous les deux pendant de longues secondes, l'esprit uni par ces paroles, puis Stacy acquiesça à nouveau, tout doucement.

— Merci, dit-elle dans un souffle. Merci Luis.

Elle se redressa et, pressant à son tour affectueusement les doigts de Luis entre les siens, elle lança un regard reconnaissant à Eddy qui, derrière lui, souriait amicalement.

— Merci les gars.

Elle porta une nouvelle fois ses yeux humides sur Luis et le considéra quelques secondes avec une grande intensité. Enfin, elle avala sa salive puis relâcha les mains de Luis avant de rejeter d'un mouvement vif ses cheveux en arrière.

— Allez, les gars ! On a un trésor à trouver !

Un brin déconcerté par ce revers, Luis lui sourit discrètement et tous trois reportèrent leur attention sur le petit carnet posé à côté du clavier.

Face à la Reine andalouse, le premier Aigle veille sur sa pépite.

— Qu'est-ce que ça veut dire, à votre avis ?

Luis fronça les sourcils.

— C'est un sacré mystère, mais y'a une chose qui est sûre : la pépite, c'est le trésor.

— Donc, un aigle surveille le trésor ? conclut Eddy, sceptique. Il l'a caché dans les montagnes, son or ? Ou quoi ?

Luis secoua la tête.

— Non, je ne pense pas. Aigle est écrit avec une majuscule, ça doit faire référence à un nom propre.

— Et cette reine andalouse, souleva alors Stacy en pointant du doigt la première partie de la phrase. Qui est-elle ? Finalement, tout part d'elle, puisque l'aigle se trouve juste en face.

Un petit silence suivit sa question.

— Une reine andalouse... Il y en a sûrement eu beaucoup ! Comment savoir laquelle...

Luis tendit son index en l'air, devant lui.

— Pas une reine. La reine. Ce n'est pas n'importe laquelle.

Stacy considéra sa réflexion puis, ajoutant son eau au moulin :

— Il s'agit probablement d'une statue, ou quelque chose comme ça.

Mais Eddy soupira.

— Des statues, il y en a des milliers dans toute l'Espagne ! Comment savoir où trouver la bonne ?

Luis désigna le carnet.

— Tout est écrit. La statue se trouve face à un aigle, sans doute une statue lui aussi. Nous devons trouver quel endroit présente cette singularité.

— Une statue, ou autre chose. Ça pourrait être un tableau, un bas-relief, un élément architectural…

Alors que Stacy détaillait les possibilités, Luis repensa à la peinture de Rigaud et au mur somptueux visible à l'arrière-plan.

Et si ce mur était celui de la cache du trésor ?

Luis attrapa la souris de l'ordinateur et s'apprêtait à taper une recherche lorsque Stacy s'écria brusquement :

— Oh non ! C'est quoi ça ?!

Sans leur laisser le temps d'en demander davantage, elle pointa son index sur l'écran, là où quelques actualités étaient présentées. Luis repéra instantanément une photo montrant justement la salle 602 du Louvre et le tableau de Rigaud.

— Ça alors ! C'est incroyable ! s'étonna Luis, réjoui. C'est exactement ce que je voulais voir !

— Qu'est-ce que tu fiches encore avec ce truc ? s'exclama Eddy, agacé.

— Mais on s'en fout du tableau !

Les deux amis se tournèrent aussitôt vers Stacy, surpris de son ton si tranchant. Comme ils continuaient de l'observer étrangement, elle regarda à nouveau l'écran et comprit la confusion.

— Ah oui ! Vous ne lisez pas l'espagnol ! Je vais vous traduire…

Elle indiqua à cet instant le titre de la publication d'actualité qu'illustrait la photo.

— Ça dit : « Un message caché au cœur du Louvre ».

— Pardon ?!

Stacy avait déjà attrapé la souris et cliqué sur le lien. Rapidement, elle parcourut l'article, laissant Eddy et Luis dans un silence tendu.

— Rien de grave apparemment…

Stacy se décrispa légèrement et leur fit à nouveau face.

— En gros, le gardien avec qui t'as discuté là-bas s'est alarmé suite à ton départ, Luis. Il a expliqué à ses collègues ce que tu avais fait et ils ont fait pareil.

— Et ils ont découvert le message ! pesta Luis.

Il se laissa tomber contre le dossier et croisa les bras.

— Donc ils vont bientôt arriver !

Eddy écarquilla les yeux.

— De qui tu parles ?

— De tous les spécialistes en histoire d'art et cryptographie ! Ils vont tous débarquer et nous passer devant ! Ils ont des ressources beaucoup moins limitées que nous !

Comme il commençait à s'emporter, Stacy posa une main sur son bras.

— Luis. La phrase du tableau ne veut rien dire en elle-même. Hors contexte, ces mots n'ont aucun sens. Regarde déjà nous comme on a galéré pour en trouver l'issue.

Il réfléchit quelques secondes, acquiesçant timidement.

— Elle a raison, mon vieux ! T'as trouvé le truc du quartet complètement par hasard en plus !

Luis posa les yeux sur Eddy qui l'observait étrangement.

— Ouais, c'est dingue. Si t'avais pas ramassé ce flyer Eddy, on n'y serait jamais arrivé !

Il se redressa et récupéra la souris pour afficher l'image du tableau de Louis XIV en grand.

— Regardez là, au fond.

À l'aide du curseur, Luis entoura la zone sombre, derrière le grand dais orangé.

— Pensez-vous que Louis XIV ait pu demander à Rigaud d'y faire figurer le lieu exact du trésor ?

— Zoome un coup dessus, suggéra Stacy. On doit bien pouvoir voir s'il y a un aigle ou un élément qui se rapporte à l'énigme.

Luis s'exécuta, mais la qualité de l'image était bien trop médiocre. Stacy tira une grimace.

— C'est beaucoup trop sombre, et y a vraiment pas assez de détail...

Elle se tourna vers Luis.

— Toi qui l'as vu en vrai, t'arriverais pas à dire ce qu'il y avait sur ces murs ?

Il abaissa ses yeux sur la table, tâchant de se souvenir au mieux de ce qu'il avait vu au Louvre, durant sa longue inspection.

— Le tableau est immense, dit-il après un petit moment. C'est difficile, la zone en question se trouve au moins un mètre au-dessus du niveau du regard.

— Et avec tes lunettes, y'a pas un autre symbole qui serait apparu quelque part ?

Luis réfléchit à cette nouvelle possibilité, mais il fut bien obligé de reconnaître qu'il n'en savait rien.

— J'ai vu cette phrase, mais je n'ai pas cherché plus loin ensuite, se désola-t-il. C'est bête, j'aurai dû...

Il secoua la tête, énervé par sa propre négligence.

— J'aurais dû mieux regarder !

— Peu importe, répliqua Stacy.

— Non ! C'est grave ! Si ça se trouve, la réponse était juste devant moi, et je l'ai peut-être manquée ! Et maintenant, c'est sûrement les autres qui l'ont découverte !

— Tu as quand même vu s'il y avait quelque chose d'intrigant sur ce mur, non ? demanda Eddy.

— Justement. J'ai passé plusieurs heures à décortiquer ce tableau avant d'avoir l'idée des lunettes, mais je n'ai pas souvenir d'avoir aperçu un seul truc qui fasse penser à un aigle ou à une reine. Il y a bien une figure féminine, sur la base de la colonne, mais il s'agit d'une Justice.

Eddy hocha la tête.

— À priori, elle n'a rien à voir avec l'Andalousie.

— En effet, répondit Luis. Les Justices sont des effigies qui furent reproduites dans l'Europe entière, elles n'ont aucun lien particulier avec l'Espagne.

Luis relut une fois la phrase annotée dans son carnet, puis Stacy l'interrompit dans sa pensée.

— Si vous voulez mon avis, le tableau n'a aucun lien avec la reine andalouse. C'est autre chose. On est tranquille de ce côté.

Toujours aussi retenu, Eddy était du même avis, mais dans un autre sens.

— Peut-être que cette peinture n'a rien du tout à voir avec le trésor ?

À ces mots, Stacy et Luis se tournèrent vers lui.

— Tu plaisantes, Ed ? T'as bien vu que la phrase de Louis XIV nous a menés jusqu'aux violons ? Nous sommes sur une piste sérieuse, là !

— Ça nous a menés nulle part, répliqua-t-il en haussant les épaules. On est tombé sur ces violons sans réelle coïncidence. Luis s'est peut-être complètement planté, comme un imbécile qui se ramasse un poteau en pleine face.

Frappé par son ton plus que sec, Luis ne sut quoi répondre et le dévisagea, ahuri.

— D'ailleurs, sans vouloir te décevoir, tout ce que nous avons comme indice, c'est cette phrase sans queue ni tête d'aigle et de reine ! Si ça se trouve, ça n'a rien à voir avec l'or inca !

— Je te rappelle qu'il y avait une phrase sur le tableau, nuança Luis, exaspéré par le débat sans fin qu'il tenait avec son ami depuis quelques jours. Souviens-toi ! Deux petites cordes réunies concordent vers le bonheur conquis !

— Je me souviens surtout l'avoir lue sur ton bloc-notes ! C'est peut-être simplement le fruit de ton imagination.

— Et les journalistes ? Ils ont la même créativité que moi ?

— Tu sais mon vieux, il y a un truc qui s'appelle les hallucinations collectives et...

— Mais je rêve ! s'écria Luis en tapant sur la table, faisant sursauter Stacy. Si tu voulais en être sûr, t'avais qu'à venir avec moi à Paris !

— Luis, reprit Eddy, à peine ébranlé par sa réaction. Tu prends ce trésor tellement à cœur que, parfois, j'ai l'impression que tu délires. Si ça se trouve, t'as jamais vu ce tableau et t'as tout inventé pour pas perdre espoir.

— J'y crois pas !

Luis, furieux, ramassa son sac et le posa hargneusement sur la table, heurtant de plein fouet le clavier qui se déplaça dans un grincement sec. Il plongea sa main dedans et en ressortit un petit rectangle de papier satiné.

— Et ça ! C'est du papier toilette, peut-être ?! cria-t-il en abattant son billet d'entrée du Louvre sur la table.

Eddy observa le ticket, silencieux. De longues secondes s'écoulèrent, bercées par le souffle bruyant de Luis qui, peu à peu, voyait son ami revenir à la raison.

— C'est quoi qui va pas, Ed ? lança-t-il, toujours aussi bouillant. T'étais le plus déterminé à partir à la recherche de ce trésor, et maintenant, non seulement tu t'en fous, mais en plus tu nous sapes le moral ?

Il continua de toiser le grand homme assis à sa droite qui, les bras croisés, semblait partagé entre le remords et la déception. Sur son visage se lisait une sorte de tension retenue, mais ses yeux trahissaient une réelle confusion.

Luis maintint son regard une bonne quinzaine de secondes durant lesquelles personne ne prononça un mot, puis Eddy finit par lui faire face, atteint d'une certaine émotion.

— Je suis désolé…

Le ton de sa voix avait changé et s'était fait moins net.

— Je suis désolé, je n'arrive pas à continuer.

Visiblement mal à l'aise, il se mit à gratter une tâche imaginaire sur son pantalon.

— Ed, on est tous ensemble ! lui fit observer Stacy en se penchant en avant pour mieux le voir. Regarde tout ce qu'on a fait !

— Je sais, Stacy. C'est pas ça. Mais c'est chaque fois pareil.

Luis comprit à ces mots ce que son ami voulait dire.

Eddy, dans tout ce qu'il avait entrepris, n'avait jamais réellement connu de succès. Ses activités professionnelles l'avaient mené à lancer de nombreux projets pourtant innovants, mais aucun n'avait vraiment décollé et il y avait laissé beaucoup d'argent, d'énergie et surtout, de déception. Aujourd'hui, face au chemin tortueux de la quête de l'or, Eddy ressentait sans aucun doute la même impression d'échec et de désespoir que toutes ses tentatives entrepreneuriales.

— Chaque fois que je commence quelque chose, je n'arrive jamais au bout de ce que je veux. C'est quand même dingue, non ?

Il les observa à tour de rôle, comme s'il attendait une validation de leur part.

— Pourquoi je peux pas rester focus sur un truc et y croire jusqu'au bout ?!

Eddy avait serré les poings en prononçant ces mots, geste qui n'avait pas échappé à l'œil affûté de Luis.

— Ed. C'est pas facile de rester motivé sur le long terme. Je te comprends complètement.

— Non ! Tu ne comprends pas !

Luis sursauta.

— Je suis dans la merde, mon vieux ! J'ai plus de fric, j'ai plus d'espoir, j'ai plus rien ! Pour tout !

Eddy s'était redressé. La tension qui se devinait auparavant sur son visage s'était maintenant étendue dans tout son corps.

— On vit dans un monde de merde qui ne laisse plus de chance aux gars hors circuit comme moi ! J'ai toujours tout foiré à cause de cette incapacité à rester constant et discipliné ! Ce trésor était mon dernier espoir, mais tout part de travers ! Et en plus, je te fous toi aussi dans la merde !

— Mais non, t'inquiète pas, Ed.

Luis se voulait rassurant, mais il sentait bien qu'il y avait un énorme décalage entre son état d'esprit et celui de son ami.

— Bien sûr que je m'inquiète ! Tu crois que je vois pas les sommes que t'es en train d'avancer pour ce voyage ?! Je viens d'un milieu économique, je te rappelle !

Perturbé par cette observation, Luis ne sut quoi répondre et jeta un œil à Stacy, elle aussi affligée par l'aveu de leur ami.

— Eddy, ne pense pas à tout ça. Il est là ton problème, tu penses toujours trop à ce qui arrivera plus tard, et c'est normal.

Elle lui souriait chaleureusement, cherchant à apaiser l'énergie révoltante qui l'animait.

— Je crois que si Luis et moi avions réfléchi aux conséquences de tout ce qu'on a fait depuis notre départ, il y a longtemps qu'on serait rentré ! Pas vrai ?

Elle donna un léger coup de coude à Luis, lequel acquiesça aussitôt.

— Ed, on se fiche de ce qui nous attend après. Tant pis si c'est la misère, et tant mieux si c'est du bonheur. En attendant, on n'en sait rien du tout !

— On a tous franchi une ligne de non-retour avec cette aventure, avoua Stacy, plus amusée qu'inquiète. Alors, autant aller jusqu'à la fin !

Eddy les observa tous les deux, ressentant bien l'intention affectueuse derrière leurs paroles. Pourtant, il n'arrivait pas à se résoudre à accepter avec la même légèreté l'incertitude menaçante qui l'enveloppait.

— Faites ce que vous voulez, fit-il en marquant son détachement d'un geste de la main. Je reste convaincu que Louis XIV se fout de nous du fond de sa tombe et qu'on ne fait que creuser encore plus le trou dans lequel on est déjà.

Les sourires que lui adressaient Stacy et Luis s'effacèrent aussitôt, mais Luis ne voulait pas abandonner son ami à son désarroi.

— Ed. On a commencé ensemble, on finira ensemble. Et quoi qu'il arrive, on se tient les coudes !

Il lui attrapa la main et la serra fraternellement.

— Tu ne veux plus perdre d'énergie dans les recherches, c'est OK. Stacy et moi, on continue. Mais toi, tu restes avec nous. On a besoin de toi et de ton esprit vif !

Surpris par son geste, Eddy porta son regard sur Luis dont les traits témoignaient à la fois d'une grande inquiétude et d'une véritable bienveillance. Quelque peu apaisé par ces preuves d'affection, il ne put s'empêcher de sourire.

— Peut-être, mon vieux, mais je vois pas en quoi il va nous dire qui est cette reine andalouse.

Amusé par ce qu'il venait de dire, Luis l'observa quelques secondes, et ne put retenir un léger rire, discret mais sincère. Le regard toujours croisé avec celui de son ami, il renforça alors l'étreinte de ses doigts et Eddy lui rendit ce geste. À ce moment, Luis sut qu'il avait retrouvé un certain aplomb.

Pas de quoi le remettre dans la course pour l'instant, mais suffisamment pour qu'il prenne du plaisir à nos côtés.

Luis relâcha sa main et lui donna une tape derrière l'épaule.

— Allez, on va de l'avant.

Stacy lui adressa un joyeux signe de la main et se tourna vers Luis.

— Toi qui connais si bien l'histoire, tu vois pas qui ça peut être, cette reine ?

Il étouffa un léger rire.

— Je connais pas tout non plus, et justement, en ce moment, j'aurais aimé en savoir plus sur l'histoire espagnole. Mais on n'a qu'à regarder sur internet.

Il avançait ses doigts vers le clavier lorsque, en un geste, Stacy s'en empara et y tapait déjà frénétiquement quelques lettres. En entendant le bruit des touches de plastique, Eddy regarda presque instinctivement vers l'écran où les résultats de recherche pour reine andalouse étaient apparus en une fraction de seconde. Aussitôt, Luis et Stacy furent foudroyés par ce qui se dévoilait sous leurs yeux.

— C'est pas vrai...

Eddy se pencha un peu à gauche pour mieux distinguer le texte. Alors Luis lui donna un léger coup de coude dans les côtes en lui lançant un regard narquois du coin de l'œil.

— Regarde-moi ça, Ed ! Si c'est pas du concret, je sais pas ce que c'est !

Devant eux, la liste des résultats affichait plus de 400 000 entrées, mais un mot se répétait plusieurs fois rien que sur la première page.

— Séville...

Maintenant qu'il l'avait sous les yeux, Luis se reprocha de ne pas avoir résolu de lui-même l'énigme de la reine andalouse.

C'est pourtant évident !

Séville.

La Perle de l'Andalousie.

La ville tout entière avait connu un essor fulgurant depuis la découverte de l'Amérique. Pendant près de deux siècles, le commerce avec les Indes avait apporté la richesse jusqu'en Espagne et, aujourd'hui encore, les splendides immeubles de la vieille ville témoignaient de cet âge d'or par leur opulence architecturale et leurs ornements.

— Évidemment ! s'exclama Luis, réjoui. À l'époque, Séville était le port d'arrivée de tous les navires en provenance du Nouveau Monde ! Le trésor d'Atahualpa y est forcément passé !

— Pardon ? s'étrangla Eddy. Séville n'est même pas au bord de la mer, comment pouvait-elle être le port d'attache de l'Espagne ?

— Un grand fleuve traverse la ville, expliqua-t-il. Celui-ci offrait un accès aisé et sûr aux nombreux navires de commerce puisque même les pirates n'osaient s'y engager : défendre un fleuve est beaucoup plus simple qu'une étendue d'océan. Grâce à ça, Séville a toujours été privilégiée par rapport aux autres cités côtières d'Espagne.

— Mais... attends. Séville n'est pas connue aujourd'hui pour être une ville portuaire, non ?

— En effet. Le fleuve s'est enlisé avec les années et la navigation pour les gros tonnages y est devenue impossible, en tous cas plus de la même façon. Mais la ville existait déjà du temps des anciens Grecs et, à cette époque, d'intenses échanges se faisaient entre les diverses régions du monde. Avec l'arrivée des Romains, ce commerce a perduré et permis à Séville de s'accroître davantage, jusqu'à la conquête de la péninsule ibérique par les Arabes où elle occupera une fonction de capitale dès le XIe siècle.

Stacy, passionnée, assistait au résumé avec un intérêt certain, comme si la réussite de leur recherche dépendait des informations que donnait son ami. Eddy, bien que curieux lui aussi, n'écoutait que d'une oreille, toujours partagé par son scepticisme.

— Au XIIIe siècle, les Espagnols ont repris possession du territoire sévillan lors de la *Reconquista* où ils ont effectué de gros chantiers, notamment celui de la cathédrale, l'une des plus grandes du monde aujourd'hui encore. Vers la fin du XVe siècle, les conquêtes faites en Amérique du Sud ont offert à la ville un immense pouvoir et lui ont permis de s'affirmer comme plaque tournante du commerce et de la culture sur le Vieux Continent.

Il marqua une petite pause, regardant tour à tour ses deux amis.

— Puis, au XVIIIe siècle, plusieurs accidents de navigation sont survenus sur le fleuve et celui-ci est alors jugé trop dangereux. Toute l'administration commerciale des Indes a donc été transférée à Cadix, mettant un terme à la croissance exponentielle dont bénéficiait Séville. Heureusement, la ville entière est restée comme un témoin de ce prestigieux passé qui, de nos jours, lui apporte chaque année d'innombrables touristes.

Stacy et Eddy achevèrent d'intégrer son récit, puis Luis conclut :

— Comme un nouvel âge d'or.

Stacy lui sourit, satisfaite de leur prochain objectif, puis lui donna une tape amicale sur la main.

— Alors ? s'exclama-t-elle, impatiente. En route !

Plus que jamais convaincu d'arriver au bout de leur enquête, Luis acquiesça joyeusement et lui renvoya son sourire. Même Eddy semblait s'être détendu en découvrant cette destination inconnue. Mais était-ce le fait d'avoir un nouveau but qui le rendait enthousiaste, ou était-ce simplement le fait de partir dans une nouvelle ville à visiter ?

Peu importe, tant qu'il y trouve un peu de plaisir.

Dans leur euphorie, aucun des trois amis ne remarqua l'homme au visage sombre qui, trois tables plus loin, cessa de les observer et sortit son téléphone...

CHAPITRE 5

Sans plus attendre, les trois Américains avaient acheté des billets de train pour Séville et s'étaient empressés jusqu'à la grande station d'Atocha pour quitter la ville. Après avoir traversé le massif de la Sierra Morena et longé la vaste vallée du Guadalquivir, ils étaient arrivés à Séville, capitale de l'Andalousie, et avaient confié leurs bagages au service de dépôt sécurisé, au sous-sol de la gare.

— La journée sera longue, avait averti Luis, mais j'ignore où elle nous mènera. Inutile de perdre du temps à chercher un hôtel.

Ils s'étaient donc immédiatement dirigés vers le centre historique, impatients de poursuivre leurs investigations. Eddy semblait plus simplement se contenter de découvrir une nouvelle ville et les accompagnait en observant d'un air émerveillé chacune des rues empruntées.

— Face à la Reine andalouse, répétait Luis, le pas pressé, le premier Aigle veille sur sa pépite. Il faut qu'on retrouve cet aigle !

— Où peut-il bien se cacher ? demanda Stacy.

Vingt minutes plus tard, ils s'engagèrent dans les étroites ruelles du quartier populaire de Santa Cruz, ignorant parfaitement la direction qu'ils devaient suivre. Partout, les bâtiments bariolés semblaient se refermer au-dessus de leur tête, ne laissant entrevoir qu'une maigre portion du ciel immaculé. Ces fines allées débouchaient parfois sur une petite place, dévoilant ici une échoppe à tapas, là une boutique souvenir, remplie d'objets d'artisanat sévillan ou d'attrape-touristes.

— C'est dingue... marmonnait Eddy, les yeux sautant d'un immeuble à l'autre.

Partout, d'innombrables couleurs se mélangeaient sur les façades, comme une gigantesque mosaïque qu'un architecte aurait érigée à travers la ville. Accrochés aux contours des fenêtres, de solides garde-corps en fer venaient fermer les ouvertures sous lesquelles, remués par une légère brise, quelques drapeaux jaune et rouge s'alignaient tels des témoins de la fierté espagnole. Par moment, un groupe de touristes arrivait face à eux, et tous trois devaient parfois se tapir contre les murs pour permettre le croisement.

— As-tu une idée d'où nous allons ? demanda finalement Stacy à Luis après un quart d'heure de déambulation dans ce labyrinthe de ruelles.

— Aucune, répondit-il sans la regarder, mais c'est ce qui fait le charme de cette ville.

On finira bien par tomber sur quelque chose d'intéressant, estima-t-il.

Maintenant un rythme soutenu, les trois amis ne s'arrêtaient que devant les grands portails en fer forgés des maisons, inscrits à la perfection sous un arc roman ou outrepassé. Derrière ces grilles, de petits patios calmes et reposants accueillaient diverses plantes et décorations autour d'une fontaine centrale, laissant échapper un air frais et humide bienvenu qui venait glisser comme un souffle léger sur leur peau suintante.

Au bout d'un moment, alors qu'ils débouchaient sur la *Calle Mateos Gago* bordée d'orangers, Stacy s'immobilisa d'un coup, exténuée.

— Luis, arrête-toi ! Réfléchissons un moment.

Ce dernier se retourna.

— Réfléchir à quoi ? Nous sommes chez la Reine andalouse, on doit retrouver l'aigle.

— Luis. S'il te plaît.

Les quasi trente degrés se faisaient lourdement sentir, et, même dans l'exiguïté des ruelles ombragées, un air étouffant les assaillait en chaque instant.

— Réfléchissons, répéta simplement Stacy. Posons-nous quelque part et réfléchissons. J'en peux plus de cette chaleur !

Luis l'observa quelques secondes. Sous un voile luisant de transpiration, son amie avait les lèvres complètement sèches, et il se sentit lui aussi soudainement accablé par cette torpeur.

C'est encore les heures les plus chaudes, songea-t-il alors.

Il n'était pas loin de 16 h, et le soleil andalou lançait ses rayons ardents sur la ville comme des dards incisifs.

— T'as raison. Mieux vaut se mettre au frais un moment.

Devant eux, les véhicules garés s'alignaient au pied des arbres touffus qui longeaient la chaussée. De nombreux bars à tapas étalaient des terrasses ombragées sur le trottoir, révélant en un coup d'œil leur carte aux passants qui s'arrêtaient de temps à autre pour les lire.

Au moins, on a du choix, constata Luis.

Mais Eddy tendit soudainement l'index devant lui, désignant quelque chose sur les hauteurs.

— Regardez-moi ça !

Instinctivement, Stacy et Luis suivirent la direction qu'il indiquait, et alors ils comprirent ce qui l'avait tant émerveillé.

Dominant les petits immeubles devant eux, la flèche vertigineuse d'un imposant campanile se dressait dans le ciel, surmontée d'une majestueuse statue féminine en bronze. Elle était vêtue d'une longue robe qui lui tombait jusqu'au pied et tenait fermement deux objets. Sa main droite serrait un large bouclier de guerre qui lui conférait une certaine force, appuyée par la lance qui s'y prolongeait et s'achevait d'une croix chrétienne. Dans son autre main, une palme s'élançait avec rigidité et élégance au-dessus du vide, offrant stabilité et sagesse à cette figure allégorique.

— Qu'est-ce que c'est ? s'étonna Stacy.

Luis répondit après quelques secondes, l'air absent.

— La Giralda…

La Giralda. Cette grande tour de plus de cent mètres de haut constituait avec la Cour des orangers placée à sa base l'unique vestige de l'antique mosquée almohade démolie après la Reconquista. C'était d'ailleurs sur les fondations de celle-ci que furent bâties les cinq nefs de l'immense cathédrale gothique Notre-Dame-du-Siège encore visible aujourd'hui. Rehaussée et transformée en clocher au XVIe siècle, la Giralda était en fait l'ancien minaret du temple musulman et devait son nom à la girouette de bronze qui le coiffait, véritable symbole de la ville.

— Incroyable… murmura Eddy.

Il se remit en route et accéléra le pas, le nez levé vers le sommet de la tour qui, peu à peu, se dévoilait au-dessus des immeubles.

— Eddy, attends !

Mais il n'écoutait plus. Attiré comme un aimant par le monument, Eddy déboula très vite sur la *Plaza Virgen de los Reyes*, immédiatement rejoint par Stacy et Luis.

— Ed !

Le front dégoulinant de sueur, Stacy toisait son ami d'un œil irrité.

— Non, mais… regardez-moi ça ! répéta-t-il, stupéfait.

Bien qu'il eût donné raison à Stacy un peu plus d'une minute avant, Luis ne put rester insensible face à l'époustouflante vue qui se dévoilait.

Plantée comme une immense sentinelle au cœur de la cité, la puissante tour carrée de la Giralda dressait ses pierres vers le ciel. Ses façades exhibaient sur près de deux tiers de leur hauteur un style d'origine arabe, marqué par un contraste d'éléments à la fois sobres et riches. Le premier tiers faisait la part belle à la simplicité : seules

les quelques fenêtres en arcs brisés polylobés garnissaient la maçonnerie de l'édifice. Le deuxième tiers gagnait en noblesse grâce à ses panneaux de *sebka* savamment taillés, répartis en deux niveaux sur les parties extérieures des façades. La zone centrale était caractérisée d'une succession de quatre niches peu profondes, mais généreusement décorées, et deux ouvertures en arc outrepassé se tenaient dans chacun de ces renfoncements. Achevée au XVIe siècle seulement, la dernière section du monument était d'un tout autre style, bien plus influencé par les courants architecturaux européens. La tour s'y découpait en plusieurs piliers de briques formant des espaces verticaux où pendaient cinq immenses cloches sombres, solidement arrimées à leur joug de bois. Quelques décorations complétaient la partie supérieure du beffroi qu'un imposant balustre venait couronner, et de petites tourelles s'élevaient à chaque angle du clocher, coiffées de gigantesques vases à fleurs en bronze. La construction se resserrait alors pour composer un lanternon de base carrée, lui-même surmonté par deux lanternons circulaires. Les diverses corniches et moulures qui les agrémentaient ne faisaient qu'attirer plus encore les yeux vers le sommet de la Giralda : l'impressionnante Foi Victorieuse qu'Eddy avait repérée de loin. Dressée sur une sphère élégante, la célèbre statue de bronze jetait son regard métallique à l'horizon, veillant au gré des vents sur la ville.

Fascinés par la splendeur du campanile, les trois Américains en oublièrent qu'ils s'étaient arrêtés au beau milieu de la chaussée. Un puissant coup de klaxon les arracha à leur admiration et ils s'avancèrent alors vers l'imposante abside du temple qui avait remplacé la mosquée almohade et fermait aujourd'hui l'autre côté de la place. La cathédrale s'élevait à près de quarante mètres de haut, et de solides arcs-boutants surplombaient les nefs latérales qui étiraient sa largeur à plus de quatre-vingts mètres, en faisant ainsi l'une des plus grandes du monde.

— Tu crois que c'est là-dedans ? demanda Stacy en contemplant l'immensité de l'édifice.

Ils contournèrent l'alignement des calèches touristiques qui attendaient patiemment des clients aux abords de la *Plaza del Triunfo*. L'impressionnante architecture avait coupé court chez Luis toute envie de s'installer sur une terrasse, et Stacy elle-même ne semblait pas manifester la moindre protestation alors qu'ils poursuivaient leur route.

— Aucune idée, répondit-il. Étant donné sa taille, c'est pas impossible, mais cette cathédrale est tellement célèbre que ça me paraît peu probable. À mon avis, plus aucune de ses pierres ne renferme de secret.

— Qu'est-ce que tu proposes, alors ?

— Je sais pas. Laissons-nous inspirer par la Reine.

À ces mots, il tourna la tête vers son amie et lui adressa un regard taquin.

Ils atteignirent le coin sud-est de la cathédrale, découvrant au même moment un petit parc cerné de buissons sculptés avec soin. De grands arbres y étiraient leur frondaison, cachant en partie la statue qui se trouvait au centre. Plus loin, les créneaux pointus d'une vieille et robuste muraille en pierres de taille s'élevaient, captivant l'attention des touristes qui s'y photographiaient, une glace à la main. De hautes tours carrées brisaient sa maçonnerie, et l'une d'elles formait l'un des angles de la fortification. Le mur s'éloignait une vingtaine de mètres au-delà pour buter contre une autre tour où il se parait alors d'un revêtement rouge, laissant place à une épaisse porte fortifiée.

— C'est quoi ce truc ? s'étonna Eddy en levant les yeux vers le garde-corps crénelé.

Luis réfléchit un instant.

Les remparts de la ville, peut-être ?

Bien qu'il eût lu quelques documents concernant Séville et son histoire, il avait aujourd'hui beaucoup de peine à se remémorer ce qu'il y avait appris. Tout se mélangeait dans son esprit, et les multiples découvertes qu'ils avaient faites ensemble depuis leur départ de New York faussaient davantage encore ses souvenirs.

— Mais il me semble que les fortifications se trouvaient plus loin, conclut-il finalement. Au vu de son architecture, ce mur doit certainement dater de l'occupation musulmane.

Alors qu'il sentait la force du soleil l'accabler à nouveau, Luis tourna la tête et reconnut immédiatement le bâtiment à leur droite, un imposant édifice de forme carrée à un étage.

— Ça, en revanche, je sais ce que c'est, déclara-t-il en s'avançant vers la bâtisse.

Longues d'environ cinquante mètres, ses façades austères étaient flanquées de pilastres, et un balustre de pierre entourait le bord de son toit plat. Dans chaque angle, un pinacle lourd et élancé s'érigeait comme une lance pointée vers le ciel.

— La *Casa Lonja*, l'ancienne bourse du commerce !

Tous les marchands de l'époque se réunissaient dans cet établissement construit en 1598 pour parler affaires, notamment ce qui concernait les Indes espagnoles, et le quartier entier grouillait alors de cette fièvre économique. D'ailleurs, chaque marchandise en provenance du Nouveau-Monde était déclarée à la *Casa de Contratacìon*, une autre institution située à quelques pas de là où était également prélevé le *Quinto Real*, la taxe versée au roi.

— Aujourd'hui, acheva Luis, ce bâtiment abrite les Archives générales des Indes, le plus grand ensemble de documentation sur les colonies espagnoles.

En parlant, ils avaient franchi l'angle de l'édifice et en longeaient maintenant la face latérale.

— Tu crois que Pizarro est passé par ici ? questionna Stacy en observant les larges fenêtres à carreaux de l'étage.

— Pizarro est assurément passé par Séville, mais lui-même n'y est pas revenu avec l'or récolté chez les Incas. Après sa nomination à la tête du gouvernorat de Nouvelle-Castille, il n'est plus jamais revenu en Europe.

— Attends deux secondes, Luis, l'interrompit Eddy. Je viens de penser à un truc.

Tous trois s'arrêtèrent et Eddy regarda son ami d'un air grave.

— Toutes les légendes sur le trésor inca partent du principe que celui-ci a été caché là-bas, au Pérou.

— En effet. La piste du Titicaca est celle qu'on entend le plus, et elle a porté ses fruits pour nous.

— Justement. Réfléchis bien. Nous avons bel et bien retrouvé ce puma au fond du lac, et le texte qui y est inscrit est univoque : l'or d'Atahualpa a quitté le Pérou. Nous en avons la preuve.

— Il a en tout cas quitté Cajamarca, précisa Luis.

Il ne voyait toujours pas où voulait en venir Eddy, mais, confiant quant à la vivacité de son esprit, il continuait à lui témoigner son attention. Eddy reprit.

— Si tous les navires venant de là-bas arrivaient ici, ceux qui transportaient le trésor ont sans conteste dû suivre le même chemin. Par conséquent, les commandants de ces vaisseaux sont aussi passés par ce comptoir pour y déclarer leur cargaison.

Luis tourna la tête vers la *Casa Lonja*, sur sa droite.

Il n'avait pas pensé à ça.

— Ce qui veut dire que les registres se trouvant là-dedans doivent le mentionner, conclut Eddy, très détaché.

— Ça, c'est bien joué Ed ! s'exclama Luis en reprenant son chemin.

— Attends !

Eddy voulut le retenir, mais un nouvel élan d'excitation s'était emparé de Luis.

— Les archives des Indes se visitent ! annonça-t-il joyeusement. Il y a toute une exposition destinée aux touristes, mais on doit pouvoir demander à consulter certains documents précis !

Tout était redevenu limpide dans sa tête. La suite des recherches était maintenant évidente : il ne leur restait plus qu'à entrer dans ce bâtiment, s'adresser à l'un des membres du personnel et espérer obtenir le droit d'étudier les registres des années 1530 !

Les trois amis tournèrent à l'angle de la *Casa Lonja* et se dirigèrent jusqu'au pied de l'escalier qui en permettait l'accès. Devant l'édifice, une sorte de jardin avait été aménagé avec d'épais buissons taillés nets et des palmiers qui jaillissaient haut au-dessus de leur tête. Face à l'entrée, Luis et Stacy s'empressèrent de gravir les marches, mais la voix d'Eddy les interrompit à nouveau.

— Attendez !

Ils se retournèrent et constatèrent qu'il ne les avait pas suivis. En fait, il s'était volontairement arrêté au pied de l'escalier, décidé à ne pas aller plus loin.

— Ce que je voulais dire, Luis, c'est que si cet or a été officiellement déclaré ici, c'est qu'il a été utilisé et redistribué par la suite.

Ils s'observèrent en silence quelques secondes.

— C'est ce que j'essaie de vous dire depuis un moment…

Luis regarda Eddy, puis Stacy, puis le haut bâtiment derrière eux. Puis Eddy à nouveau…

— L'or d'Atahualpa n'a jamais été perdu, annonça Eddy. Il est arrivé ici comme n'importe quel autre produit du Nouveau-Monde.

Ses mots se détachèrent dans l'air comme une cloche sonnant le glas. Autour de Luis, Séville se mit à osciller. D'abord lentement, puis très vite, tout devint flou, tout s'étira en une myriade de couleurs chaotiques, à l'image d'un gigantesque arc-en-ciel déstructuré lançant ses rayons dans tous les sens. La Reine andalouse n'était plus qu'un enchevêtrement de lumières et d'ombres sans raison.

Sans espoir ni dessein.

Luis, désolé, ne pouvait concevoir cette réalité.

Le trésor inca… Disséminé comme de vulgaires petits pains…

Comment cela se pouvait-il ? Comment autant d'or et d'argent auraient pu être dispersés alors que, de l'autre côté de l'Atlantique, une des plus formidables légendes gagnait en force ?

C'est impossible !

Subitement, l'arc-en-ciel se déchira. Les couleurs vrillèrent sur elles-mêmes et traversèrent l'espace autour de lui. En un instant, les jardins devant la *Casa Lonja* étaient réapparus, les immeubles bordant *l'Avenida de la Constitucíon* s'étaient reconstruits et, à sa droite, l'immense cathédrale de Séville avait repris sa place, plus puissante que jamais.

— C'est impossible !

Luis avait presque crié et redescendait d'un pas ferme les marches en direction d'Eddy.

— C'est impossible ! Ce trésor existe toujours, et nous allons le trouver !

Il passa devant son ami qui, imitant Stacy, le suivit du regard alors qu'il s'avançait sous l'ombrage des palmiers.

— Durant toutes mes recherches, aucun document ne mentionnait l'arrivée d'une telle quantité d'or et d'argent !

Eddy se lança après lui, Stacy sur ses talons.

— Luis, l'or est peut-être arrivé en plusieurs convois ! Ou alors la légende surestime ce trésor, je sais pas ! Une chose est sûre, le trésor inca n'existe pas !

— Non ! rugit-il en se retournant. L'or est toujours là, quelque part !

Il scrutait son ami d'un regard noir.

— Et il est toujours caché !

Stacy, prise au dépourvu, ne savait que penser de la situation. Partagée entre la rationalité d'Eddy, l'intangible mystérieux indice des Stradivarius et sa réelle envie de trouver quelque chose, elle n'arrivait pas à se positionner pour l'un ou l'autre de ses amis.

— Ed, reprit Luis, plus calmement, ton raisonnement est pertinent. Tout porte à croire que le trésor a été disséminé par le temps, mais il y a une chose que tu oublies.

Il écarquilla les yeux, étonné.

— En dehors du puma — qui montre bien que l'or a quitté l'Amérique — nous avons retrouvé deux preuves que son histoire ne s'arrête pas ici, à Séville, dans les registres de cet immeuble.

Il tendit un bras pour désigner le large bâtiment devant lui, et Stacy comprit qu'il parlait du tableau et des violons.

— Le premier Aigle veille sur sa pépite ! rappela-t-il. La pépite est là, tout près ! Il nous suffit de trouver le nid !

Il nous suffit...

Là était toute la question.

L'énigmatique phrase était plus coriace que prévu, et la motivation d'Eddy était vraiment au plus bas...

Nous devons trouver cet endroit, se répétait Luis. *Tout de suite.*

D'un coup, il se retourna et traversa la large *Avenida de la Constitucíon*, ses deux amis sur ses talons.

— Luis ! s'écria Stacy. Où vas-tu ?

— Chercher le trésor. Ceux qui veulent me suivre viennent avec moi.

Malgré le ton légèrement piquant qu'il avait adopté, Eddy ne se vexa pas et se mit en chemin sans rien dire.

— Tu sais où aller ?

— Au port.

Au port ? s'interrogea Stacy.

Mais elle ne posa pas d'autre question. Sans un mot, les trois Américains avancèrent le long de la *Calle Santander*. Eddy et Stacy échangèrent quelques regards intrigués, puis ils atteignirent moins de cinq minutes plus tard le *Paseo de Cristóbal Colón*, une longue artère de circulation mouvementée avec ses six voies de véhicules. Cinquante mètres à leur gauche, une solide tour médiévale s'élevait de l'autre côté de l'avenue, à environ quarante mètres de hauteur. Sans y prêter attention, Luis s'arrêta au bord de la route, attendant que le feu passe au vert.

— Et... Il est où, ton port ?

— On y est.

Eddy fronça les sourcils.

— Excuse-moi, mais je ne vois pas une seule goutte d'eau par ici.

En effet, il n'y avait devant eux que la large chaussée du *Paseo de Cristóbal Colón*, bordée d'immenses palmiers et de quelques pins. Au-delà, l'espace urbain semblait vierge de toute construction, comme si un canyon séparait la ville en deux jusqu'à ces petits immeubles au loin qui s'alignaient étroitement, à près de cent mètres de là.

— Quel est ce monument ? s'enquit alors Stacy en désignant l'ancienne tour de l'autre côté de l'avenue.

Érigé sur une base dodécagonale, le bâtiment dégageait une écrasante impression de solidité et de puissance. Ses murs étaient percés de minces fenêtres, disposées à intervalles réguliers, et des créneaux acérés jalonnaient la couronne du premier niveau. La tour se resserrait ensuite et arborait quelques discrètes marques d'ornementation almohade, estompées par les âges. Un lanternon circulaire coiffait l'édifice, garni d'une petite coupole dorée et d'une flèche très simple.

Sans la regarder, Luis répondit à son amie :

— C'est la *Torre d'oro*, ou Tour de l'or. Il s'agit de l'un des vestiges de la ville arabe. Elle formait l'extrémité d'une ligne de rempart en saillie par rapport à la cité fortifiée de Séville. Vous voyez ses créneaux ?

Le feu passa au vert, et le groupe s'avança sur le passage piéton en observant le parapet du bâtiment.

— Ce sont les mêmes que ceux qu'on a aperçus tout à l'heure, sur la muraille, près de la cathédrale.

— Mais… pourquoi avoir arrêté le rempart à cet endroit ?

En guise de réponse, Luis lança un simple regard à son amie et accéléra l'allure. Peu à peu, Stacy vit l'évidence se dévoiler sous ses yeux.

Jusqu'alors masquée par une esplanade en terrasse, l'étrange zone sans construction qui avait étonné plus tôt Stacy et Eddy se révélait un peu plus à chaque pas qu'ils faisaient. Une large étendue d'eau apparut en contrebas, déversant d'un courant paisible des litres d'eau en direction de la mer, une centaine de kilomètres plus au sud. Le fleuve, surprenant, passait sous un grand pont à trois arches juste après la *Torre d'oro*, et une magnifique promenade était aménagée sur le quai pavé où s'amarraient quelques bateaux touristiques. Face à eux, sur l'autre rive, de splendides terrasses pleines à craquer surplombaient le cours d'eau jusqu'au pied des bâtiments colorés qu'ils avaient distingués quelques minutes plus tôt.

— Le Guadalquivir, fit Luis en s'accoudant sur une des barrières métalliques qui dominaient cette scène.

Sous leurs yeux, une masse humaine foulait la surface du quai qui se prolongeait au loin sur leur droite jusqu'à un second pont, plus moderne, auprès duquel se dressait la tour Sevilla, un gratte-ciel de plus de 170 mètres de haut.

— C'est ça ton port ? persifla Eddy, de moins en moins convaincu.

Les quais et les quelques bateaux environnants ne ressemblaient en rien à une activité portuaire à proprement parler, et Luis secoua la tête.

— C'était un port. Il y a cinq cents ans.

Il sentit le regard de ses amis s'alourdir d'interrogations.

— À cette époque, expliqua-t-il en admirant la vue, les remparts de Séville se dressaient là-bas, non loin de la cathédrale.

Il se retourna et désigna d'un geste la direction d'où ils étaient venus.

— Du pied de ces murailles, la berge s'inclinait alors en légère pente, jusqu'au bord du Guadalquivir, et sur cet espace se trouvaient divers entrepôts et abris. Plusieurs grues servaient à aider aux déchargements des vaisseaux qui achevaient ici même leur long voyage depuis les Indes espagnoles. C'était un lieu de grande activité : les capitaines faisaient d'incessants aller-retour vers le centre de la ville pour y annoncer leur arrivée, des charrettes remplies de marchandises cahotaient sur le sol inégal et on pouvait entendre les marins crier des ordres à s'en casser la voix.

Il laissa un peu de temps à ses amis pour s'imaginer la scène, puis se tourna vers la *Torre d'oro*.

— De ce côté, le rempart se détachait de l'enceinte fortifiée et venait buter contre cette construction, protégeant ainsi l'activité portuaire de Séville. Cette tour a depuis toujours représenté un symbole de puissance pour Séville. Érigée sous l'occupation almohade, elle servait de barrière sur le fleuve. Une solide chaîne y était fixée et crochée aux flancs d'une seconde tour aujourd'hui disparue sur la rive d'en face, créant un obstacle efficace contre tous les navires indésirables.

Automatiquement, Stacy et Eddy tournèrent la tête vers le bout du pont à trois arches, de l'autre côté du Guadalquivir.

— Qu'est-ce que tout ça a à voir avec le trésor ? s'impatienta Eddy.

— Tout, déclara Luis. L'or est passé exactement à cet endroit, mais le plus intéressant reste à venir. Après la *Reconquista*, au XVIe siècle, les Espagnols renforcèrent la *Torre d'oro*, la modifièrent et l'utilisèrent comme entrepôt pour les métaux précieux fraîchement déchargés des bateaux. Le lieu était évidemment très surveillé et ne servait que de dépôt provisoire.

Pendant quelques secondes, seuls les bruits de la circulation toute proche et les rires des touristes en contrebas se firent entendre. Soudain fascinés par ce qu'ils venaient d'apprendre, Stacy et Eddy contemplaient l'édifice dodécagonal de sa base jusqu'au sommet de sa pointe, éclatante de lumière.

— Tu crois que l'or se trouve là-dedans ? s'empressa d'ajouter Stacy, le cœur battant.

— Impossible. La Tour de l'or a été transformée et rénovée à plusieurs reprises, quelqu'un serait forcément tombé dessus au vu de la taille du bâtiment.

Eddy se tourna vers Luis, les traits tendus.

— Explique-moi pourquoi on vient ici si rien de ce qui se trouve autour ne nous sert ?

Sa voix s'était faite dure, et Luis regarda à nouveau en direction du fleuve, réfléchissant quelques instants.

— En face, nous avons aujourd'hui le quartier de Triana, mais sous Charles Quint, il s'agissait d'une ville à part entière. Si je me souviens bien, c'était là-bas que logeaient la plupart des marins qui s'engageaient pour de longs mois en mer...

Les yeux de Stacy plongèrent dans les eaux miroitantes du Guadalquivir.

— Triana... En face de Séville... murmura-t-elle, à moitié absente.

Tout à coup, tout s'éclaira et elle comprit ce que son ami avait en tête. En un mouvement, elle s'était tournée vers lui et avait posé les mains sur ses larges épaules.

— Face à la Reine andalouse ! On y est Luis ! Le trésor est à Triana !

Celui-ci acquiesça en silence.

— C'est ce que je pense, en effet, mais il reste la seconde moitié de l'énigme.

— Le premier Aigle veille sur sa pépite...

— Comment le retrouver ?

Luis balaya du regard la masse d'eau qui s'écoulait devant eux.

— L'Aigle... Que pourrait bien représenter un aigle, ici, dans cette ville ?

Agacé, Eddy s'était écarté de la discussion et scrutait avec envie un stand de glace, sur le quai en contrebas.

L'aigle avait depuis toujours symbolisé la puissance et la force, aussi les différentes familles et nations s'en étaient emparées pour y orner leur écu héraldique. Ainsi, on retrouvait déjà le rapace chez les Romains, noblement représentés pour illustrer la suprématie de l'empire. Ce même emblème avait été repris plus tard dans de nombreux états en Europe, en particulier par l'empire allemand ou la dynastie des Habsbourg.

Mais qu'en est-il de l'Espagne ? songea Luis.

La maison d'Autriche avait évidemment eu ses représentants en Espagne, notamment avec Charles II, que les trois Américains connaissaient bien désormais. Depuis 1506, année à laquelle la lignée autrichienne accède au trône espagnol, les armoiries des rois d'Espagne avaient ainsi bien souvent comporté le puissant rapace.

Le premier Aigle... réfléchit Luis. *Le premier roi ?*

— Tu crois qu'il peut s'agir du premier roi de la maison d'Autriche en Espagne ? demanda-t-il à Stacy, sans même remarquer l'absence d'Eddy.

Voyant l'air étonné de son amie, Luis réalisa qu'elle ne comprenait pas son raisonnement et le lui exposa.

— Le premier Habsbourg, symbolisé par l'aigle autrichien ? Qui était ce premier roi ?

Il réfléchit quelques secondes.

— Si je me souviens bien, il s'agit du père de Charles Quint, devenu roi par alliance avec la fille du roi et de la reine espagnols. Mais il n'a pas régné bien longtemps, l'histoire de quelques mois.

Stacy fronça les sourcils.

— Trop peu pour qu'un monument soit érigé en son honneur, conclut-elle hâtivement. Au vu de cet aspect, peut-on imaginer que Charles Quint ait été considéré comme le premier roi ? Après tout, les statues à son effigie sont légion dans tout le pays.

— Qu'il se soit considéré lui-même comme le premier roi, tu veux dire. Je te rappelle que l'énigme des Stradivarius est certainement celle qu'avait inventée Charles Quint pour cacher son or.

Se pouvait-il que l'empereur du Saint-Empire se soit désigné lui-même de la sorte ?

Reposant ces éléments dans leur contexte, Luis eut grande peine à imaginer ce monarque se mystifier ainsi, d'autant plus qu'il n'était pas réellement le premier roi Habsbourg en Espagne...

— Ça me paraît bizarre, déclara-t-il finalement, pensif. Il n'y aurait pas un autre lien entre l'aigle et l'Espagne ? Ou entre l'aigle et Séville ?

Il songea alors au drapeau de la ville. Bien que très simple, celui-ci ne comportait pourtant pas la moindre trace d'animal. Juste un texte blanc sur fond pourpre : *No 8 do*. Le huit n'était en fait pas un chiffre, mais une schématisation d'un écheveau de laine, un *madéja* en espagnol. Ainsi, les armoiries de Séville constituaient un rébus signifiant *No me ha dejado*, référence aux propos tenus par le roi sévillan Alfonse X devant la fidélité de son peuple lors d'une révolte, au XIIIe siècle.

— Toujours Alphonse X... soupira Luis à voix haute, pensif. Quelque chose tourne autour de ce roi, mais je n'arrive pas à comprendre quoi. Charles II ne cessait de répéter son nom lors de ses crises de « délire ».

Ils restèrent tous deux silencieux pendant une bonne minute alors qu'Eddy revenait avec une immense crème glacée dans la main.

— J'ai peut-être une idée, annonça Stacy d'une petite voix. Mais c'est un assez tragique...

Luis l'écouta d'une oreille avisée alors qu'elle exposait son hypothèse.

— L'aigle de Franco... répéta-t-il lorsqu'elle eut fini.

Avec l'arrivée du dictateur en 1938, les armoiries de l'Espagne s'étaient vues dotées du sinistre oiseau noir, véritable symbole du régime fasciste qui avait ravagé le pays pendant quasi quatre décennies.

— Le lien est admirable, félicita Luis, mais cette période de l'histoire est bien trop récente. Tu oublies que nous cherchons un élément vieux de près d'un demi-millénaire.

Elle allait lui répondre, mais se rendit compte de son erreur.

— C'est vrai.

Puis, tout à coup, le visage de Luis s'illumina.

L'aigle de Franco...

— C'est l'aigle de San Juan ! s'écria-t-il d'une voix forte.

— San Juan ? s'étonna Stacy. Qui-est ce ?

Luis sourit.

— Il est connu dans le monde entier, en tout cas pour les chrétiens. Son nom apparaît la plupart du temps aux côtés de trois autres noms tout aussi emblématiques et est assimilé à l'un des livres les plus célèbres de l'histoire de l'humanité !

— San Juan était un écrivain ?

— Rien n'est moins sûr historiquement parlant, mais l'œuvre qui porte son nom a ouvert de grands débats et d'intenses réflexions et a été traduite dans presque toutes les langues ! Néanmoins, je dois reconnaître que San Juan est plus familier pour nous sous le nom de Jean.

Après quelques secondes, la même expression qui avait éclairé le regard de Luis un instant plus tôt s'afficha sur son visage.

— Saint-Jean !

— Exactement ! L'évangéliste est parfois représenté sous l'apparence de cet oiseau, il doit sûrement y avoir une église à sa gloire du côté de Triana ! Et le trésor doit être caché dessous !

— Le premier Aigle veille sur sa pépite…

Tout à coup, Eddy annonça, la bouche pleine de glace :

— Là-bas, il y a comme un clocher.

Du doigt, il désigna la rive opposée du Guadalquivir, et ses deux amis l'aperçurent alors.

La pointe pyramidale d'un clocher, dépassant au-dessus des toits alentour.

— Quelle est cette église ? s'empressa de demander Stacy en plissant les yeux.

— On va vite le savoir.

Joignant la parole à l'acte, Luis prit la direction de la *Torre d'oro*, suivi de ses amis. Peu après, ils y entraient tous les trois et s'arrêtèrent à l'accueil du petit musée naval qui y était aménagé.

— ¡ *Hola !* fit l'homme assis derrière le bureau. ¿ *Tres entradas ?*

Luis se tourna vers Stacy, incapable de répondre à la question.

— *No, gracias*, dit-elle alors. *Tenemos una pregunta.*

— *Si, seguro.*

— ¿ *Cómo se llama esa iglesia de allí, justo en frente* ?
— ¿ *El de Triana* ?
— *Si.*
— *Es la iglesia de Santa Ana.*

Luis fronça les sourcils.

Sainte-Anne ?

Déçu, il se demanda si ce monument pouvait vraiment présenter un lien avec leur énigme, mais il fut bien contraint de reconnaître que Sainte-Anne et Saint-Jean n'avait à priori rien à voir ensemble. Pendant ce temps, l'employé avait entamé de longues explications sur l'histoire de l'église, et Luis échangea un regard las avec Eddy.

Stacy, pour sa part, écoutait le récit avec intérêt.

Ou simplement par respect, pensa Luis.

Mais, alors qu'il allait faire signe à son amie de sortir, une phrase l'interpela.

— *Fue la primera iglesia construida fuera de la ciudad...*

Primera iglesia ?

Luis attrapa le bras de Stacy.

— Qu'est-ce qu'il a dit ? s'empressa-t-il de lui demander.

Elle lança un coup d'œil à l'homme derrière le guichet et, constant qu'il n'avait même pas remarqué l'interruption de Luis, lui expliqua.

— Apparemment, son origine remonte à 1266, lorsque le roi Alphonse X a...

Luis agita une main devant lui.

— Peu importe son histoire. Qu'est-ce qu'il vient de dire, là ? La *primera iglesia* ?

— Ah ! Il a dit que c'est la première église à avoir été construite en dehors de la ville après la *Reconquista*. Avant...

— La première église ? répéta Luis pour être sûr d'avoir bien compris.

— Oui. C'est comme un symbole pour marquer la puissance de...

Mais Luis s'était déjà retourné.

— Venez.

Légèrement déstabilisée par ce virement, elle remercia l'Espagnol qui les regarda disparaître par la porte d'un air interloqué.

— Luis !

— C'est là-bas, dit-il simplement sans attendre qu'elle lui demande quoi que ce soit. Le premier Aigle, c'est la première église.

— Mais... Tu as entendu ? rappela-t-elle. L'église s'appelle Sainte-Anne, pas Saint-Jean !

Il s'arrêta et se tourna vers elle.

— Oui, et rappelle-moi ce qu'on peut trouver dans une église ?

Déconcertée, elle l'interrogea du regard.

Des cierges ? Des bancs ?

— Des chapelles, déclara-t-il avant qu'elle eût pu prononcer le moindre mot. Chaque église est construite pour un saint bien précis, mais au-delà de ça, on trouve autour de la nef, du transept ou de l'abside plusieurs chapelles consacrées à d'autres personnages canonisés.

Ils se remirent en route.

— Et tu crois qu'il y en a une dédiée à Saint-Jean ?

— Évidemment, sourit-il. L'Aigle, ça ne peut être que Saint-Jean. Et l'adjectif premier fait inévitablement référence au premier temple qui lui a été consacré : une chapelle dans l'église !

CHAPITRE 6

Moins de dix minutes plus tard, ils avaient franchi le seuil de la porte principale de l'église Sainte-Anne et se retrouvaient devant le majestueux arrière-cœur aux éclats rouge et or qui lui faisait face. Incrusté entre les piliers, cet immense ensemble sculpté se dressait comme un mur et obligeait les fidèles et les touristes à passer par les nefs latérales pour s'avancer en direction de l'abside. Une petite table avait été installée à droite de l'entrée et divers prospectus et livres y étaient étalés. Deux grands hommes se tenaient derrière, un air jovial sur le visage.

— ¡ Hola !

— ¡ Hola ! répondit Stacy.

Luis jeta un rapide coup d'œil aux horaires d'ouvertures.

Nous avons presque deux heures devant nous, c'est parfait.

Déjà, Luis avait dressé un plan dans sa tête. Une fois qu'ils auraient trouvé la chapelle, ils n'auraient plus qu'à identifier le passage secret qui les mènerait au trésor et à la fermeture touristique en se cachant quelque part.

— ¿ Quieres un guía ?

L'un des hommes leur tendait un feuillet plastifié où un texte s'étalait en trois colonnes aux côtés de quelques photos de l'église.

— *Si, gracias,* répondit aussitôt Luis. *En inglés, por favor.*

L'Espagnol lui donna alors un autre dépliant que Luis attrapa avant de contourner la table d'accueil pour s'avancer jusqu'à la nef de droite. Eddy et Stacy s'arrêtèrent à ses côtés.

— Ce plan est parfait, commenta Luis en observant le document qu'ils avaient reçu.

De petits numéros y étaient inscrits pour expliquer les spécificités du monument et l'histoire des différentes chapelles.

— Il n'y a plus qu'à trouver celle de Saint-Jean.

Ils lurent le guide en diagonale, sautant d'un point à l'autre pour repérer le nom des chapelles, mais l'appréhension monta à mesure qu'ils arrivaient au bout sans jamais voir celui de Saint-Jean apparaître.

Chapelle de Saint-Christophe... Chapelle de Saint-François...

— C'est pas possible ! s'exclama doucement Luis. On a dû la louper.

Ensemble, ils parcoururent plus attentivement les appellations inscrites à côté des numéros, mais aucune chapelle ne se dévoila sous le nom de l'évangéliste.

— Luis, c'est peut-être pas ici, suggéra alors Stacy en levant les yeux vers lui.

Il s'était mis à lire le texte dans son intégralité.

— Peut-être.

Retournant le document pour observer le plan au verso, il ajouta :

— Mais j'aimerais en être sûr.

Jusqu'à maintenant, Stacy avait gardé foi en leurs recherches, mais à cet instant, elle échangea un regard entendu avec Eddy.

Ce n'est pas ici.

Un étrange calme s'était installé autour d'eux, mais la voix de Luis le rompit soudainement.

— Là !

Ses deux amis se penchèrent aussitôt sur le document où Luis désignait du doigt le petit *10* inscrit sur le plan.

— C'est là ! La chapelle Sacramental !

Il leur lut rapidement le bref résumé présenté par le fascicule touristique.

— Elle a remplacé un autel dédié à Saint-Jean ? s'étonna Stacy.

Il acquiesça.

— Mais pourquoi ?

— Aucune idée, ce n'est pas expliqué. Mais les dates correspondent. L'autel remontait au XVIe siècle.

Il fit quelques pas pour dépasser le large mur qui renfermait le chœur, au tout début de la nef centrale.

— C'est celle-ci, là-bas, derrière la colonne.

Il indiqua la paroi opposée de l'église, dans l'autre nef latérale. Une grande arche romane se découpait dans le mur de brique, entourée de fins ornements taillés dans la pierre, mais une lourde et solide grille de fer sombre en fermait l'accès.

— Venez.

Sans un mot de plus, ils se faufilèrent entre les bancs des fidèles et s'arrêtèrent devant la chapelle, resserrant leurs mains sur les barreaux de la grille.

La chapelle du Sacrement était essentiellement marquée par un immense retable en bois du 18e siècle, plaqué contre le mur du fond et décoré d'innombrables détails. Un autel quasi aussi large que la chapelle s'y adossait, recouvert d'une légère nappe en dentelle blanche où étaient posés quelques statues et deux candélabres à trois cierges. Sa face frontale s'ornait de carreaux aux dominantes bleu et jaune sur lesquelles différents motifs végétaux ou humains étaient peints. Le long des parois, une décoration similaire se répétait, divisée en plusieurs sections en illustrant des figures allégoriques et héraldiques. Au-dessus, les murs s'habillaient d'une robe écarlate et, sur la gauche, un grand tableau était accroché, garnissant l'espace jusqu'au plafond en coupole paré de fresques. Une double porte à caissons en bois se découpait dans le mur en face, dissimulant l'accès d'une modeste annexe. Au sol, de petits pavés de marbre s'organisaient en une large composition géométrique, masquée sur la partie centrale par un grand tapis brodé. Deux agenouilloirs y étaient installés de part et d'autre, et Luis remarqua encore quatre massifs chandeliers répartis sur les côtés du retable, portant chacun un lourd et épais cierge blanc.

— Tu crois vraiment que c'est là ? demanda Stacy. Ça me paraît...

— Oui, c'est ici, trancha Luis d'une voix à peine perceptible.

Le cœur battant sous l'excitation, il se recula de quelques pas et pointa du doigt vers le haut.

— Regarde, là.

Stacy et Eddy levèrent les yeux et virent aussitôt ce qui avait convaincu leur ami. Parfaitement centrée sur le portail de la chapelle, une fleur de lys métallique renversée était soudée au sommet de l'imposante grille en fer forgé.

— Le symbole des rois de France.

Eddy se tourna vers lui.

— Excuse-moi, mais la fleur de lys n'a pas été utilisée uniquement par Louis XIV. C'est une icône universelle et...

— Je sais, le coupa Luis. Néanmoins, sa présence ici est plutôt étonnante, surtout au vu de son orientation.

Il fit un signe de tête vers le haut pour indiquer la fleur stylisée et Eddy l'observa à nouveau.

— Elle est à l'envers... murmura Stacy.

— Exactement, confirma Luis. Plutôt étrange pour un symbole royal, non ?

Elle fronça les sourcils.

— En effet. Tu penses que...

— Oui. Cet emblème a été volontairement retourné. Il pointe en direction du trésor.

Il désigna du doigt le splendide tapis qui couvrait le sol de la chapelle.

— L'or se trouve en dessous.
Médusée, Stacy fixa l'ouvrage tissé, l'air pensive.
— Le premier Aigle veille sur sa pépite...
— Comme un aigle sur ses petits, acheva Luis.
Ils restèrent un peu moins d'une minute à contempler encore le sanctuaire puis, tout à coup, Luis se retourna.
— Venez. Ne nous attardons pas ici.
Il avait déjà fait deux pas lorsque Stacy l'interpela.
— Où vas-tu ? L'objectif est là, devant nous !
Luis revint en arrière.
— Regarde autour de nous, chuchota-t-il. T'as vu le nombre de touristes qui visitent cette église en ce moment ?
Stacy balaya la nef du regard.
— Justement, dit-elle. Y a personne.
Luis observa à son tour les environs.
L'église était vide. Seul l'écho de voix masculines leur parvenait, faible et discret.
Sans doute les deux hommes qui nous ont accueillis à l'entrée.
— N'importe qui pourrait arriver, expliqua Luis. Et puis, il y a ces deux types, là-bas.
Elle se tourna vers la porte principale, mais le chœur les empêchait de la voir.
— Nous devons attendre la fermeture, reprit-il en s'approchant un peu plus de son amie. On aurait l'air de quoi si on essaie d'ouvrir cette grille devant eux ?
Il tendit la main vers la chapelle, mais Stacy ne répondit rien.
Elle savait qu'il avait raison.
D'un commun accord, ils remontèrent la nef latérale jusqu'au niveau du chœur, puis s'assirent sur l'un des derniers bancs.
Luis était plus confiant que jamais et était déterminé à ne pas quitter cette église sans en avoir inspecté le sous-sol. Il sentait que même Eddy, qui avait pourtant renoncé à tout espoir, était à nouveau enthousiasmé par ce qui les attendait.

— Voilà ce que je vous propose, annonça Luis. On reste un moment ici, et peu avant la fermeture, on va se planquer quelque part. Une fois le bâtiment verrouillé, on ouvre cette grille et on trouve le trésor.

Il jeta un coup d'œil sur leur gauche, en direction de la chapelle.

— Simple, mais efficace, commenta Eddy, un sourire sur les lèvres.

L'église Sainte-Anne fermait à 19 h, il leur restait donc un peu plus d'une demi-heure à patienter. De leur place, ils avaient une vue imprenable sur le berceau central de l'église, l'abside et l'immense retable du XVIe siècle qui s'y élevait jusqu'à la voûte. Ainsi, pendant une bonne dizaine de minutes, ils contemplèrent la richesse de cet impressionnant maître-autel jusqu'à ce que Stacy rompe finalement le silence.

— Dites ?

Luis se tourna vers elle.

— On va se cacher où après ?

— Aucune idée, répondit-il. Dans l'idéal, il faudrait un endroit non accessible aux touristes, mais je vois pas tellement où…

— Peut-être dans la tour, suggéra Eddy en regardant derrière eux.

Le clocher qu'ils avaient vu depuis l'autre rive du Guadalquivir aurait pu être une solution intéressante, mais il n'était malheureusement pas visitable.

Et puis, se dit Luis, *l'accès se trouve vers l'entrée, juste en face de l'accueil…*

— Trop risqué.

— Les chapelles sont toutes fermées, ça aurait pu faire une bonne cachette. Peut-être la crypte ?

Ils regardèrent sur leur droite.

Accessible grâce à un discret escalier aménagé dans l'une des chapelles, la crypte de l'église Sainte-Anne renfermait de nombreuses pièces d'orfèvreries et d'art sacré de la paroisse, les plus vieilles remontant jusqu'à la période gothique.

— Pas mal, mais c'est aussi fermé par une grille, observa Eddy. Je me demande si l'orgue...

Il tordit le cou pour regarder derrière lui, au-delà des immenses barreaux. Là, les stalles de bois se succédaient les unes à côté des autres, entourant de chaque côté la cathèdre et l'autel du chœur liturgique. Six mètres au-dessus s'alignaient les longs et éclatants tuyaux de l'orgue d'épître, solidement arrimés aux buffets sculptés dépassant en surplomb de part et d'autre du chœur.

— Ça sonne plutôt bien, annonça Luis en se levant. Il faut juste s'assurer qu'on puisse y accéder.

Il s'éloigna de ses amis, disparut derrière la paroi latérale du chœur, et revint quelques secondes plus tard.

— Fermé...

Un air déçu passa sur leur visage, mais Stacy se dressa soudainement.

— Et là ? fit-elle en tendant la main vers la façade, sur sa droite.

À cet endroit, le mur de brique faisait place à une autre entrée qui donnait directement sur une des nefs secondaires. Elle était formée d'une sorte de narthex en bois soigneusement ciselé en un complexe tramage géométrique, et deux portes s'ouvraient depuis l'intérieur pour accéder à cet espace en saillie par rapport au mur.

D'un pas léger, Luis s'en approcha et tira doucement sur la poignée.

La porte ne résista pas.

Il jeta un rapide coup d'œil à l'intérieur. Satisfait, il referma la porte et remarqua une installation similaire de l'autre côté de l'église, donnant sur le mur adjacent à la chapelle du Sacrement.

Ce sera parfait, songea Luis.

Il vint ensuite se rasseoir vers ses amis et leur adressa un léger signe de tête pour approuver la cachette. Dix minutes plus tard, Stacy brisa à nouveau le silence qui s'était fait entre eux.

— Dites, les gars...

Ils levèrent la tête.

— Quand on aura trouvé le trésor, on va faire quoi avec ?

Eddy la dévisagea, visiblement surpris, tandis que Luis semblait plus retenu.

— On peut pas garder tout cet or, expliqua-t-elle. Ça ne nous sert à rien.

— Pourquoi pas ? fit Eddy avec un grand sourire.

Il avait une idée bien précise sur le sujet.

— On n'a jamais été riches, alors on peut pas savoir si ça nous est utile. Pas vrai, Luis ?

Ce dernier acquiesça, l'air absent.

— À vrai dire, dit-il, je ne me suis jamais posé la question. Quand je vous ai parlé de ce trésor, j'aurais jamais pensé qu'on irait à sa recherche. Et encore moins qu'on le trouverait !

Un silence suivit ces propos. En quelques secondes, il se remémora leur voyage : les plongées dans le Titicaca, la médina de Tunis, le fort de La Goulette, le Palais Royal...

— Oui, mais les faits sont là, mon vieux ! reprit Eddy, enthousiaste. Ce soir, on va devenir riches ! Y a qu'à partager en trois et c'est réglé !

Nouveau silence.

L'ardeur d'Eddy contrastait de façon sensible avec la réserve de Luis et Stacy.

— Je ne sais pas... répondit Luis, sceptique. Je sais pas si c'est ce qu'il y a de mieux à faire.

Eddy jeta ses bras en l'air.

— Bien sûr que si ! Attends... T'imagines ? Avec tout cet or, t'es millionnaire ! Plus besoin de bosser, mon vieux !

À ce moment, Luis eut une petite pensée émue pour Jim, lui qui, même sans rien, avait su trouver le bonheur.

— Tu peux vivre ta vie comme tu veux ! C'est le rêve quoi !

Luis haussa les épaules.

— On a tous des rêves différents, Ed.

— Non, mais… attends ! Avec ce fric, tu te paies ce que tu veux ! Regarde : ton appart, en pleine ville… OK, je dis pas, il est cool. Mais… T'as pas envie de plus ? Une belle baraque quelque part, avec vue sur l'océan ?

Luis dévisagea son ami qui conservait son air réjoui.

— Non, répondit-il finalement. Je crois pas. C'est autre chose, tu vois ? J'avais jamais réalisé qu'en trouvant ce trésor, on deviendrait riches.

L'expression d'Eddy changea du tout au tout.

— C'est vrai, ajouta-t-il en accentuant ses mots, j'y avais jamais pensé. Si je me suis lancé là-dedans, c'était pour l'aventure.

Il adressa un regard à Stacy.

— Vous savez à quel point j'aime l'histoire. Partir à la recherche de ce trésor, c'était pour moi l'occasion de vivre pleinement cette passion. Et ça veut aussi dire que si nous le trouvons, nous entrons à notre tour dans l'histoire, puisque nous apporterons notre propre pierre à l'immense édifice que tous les historiens ont commencé à ériger.

Luis pencha la tête en avant.

— Mais bon, finalement, même cette reconnaissance culturelle est bien au-delà de ce que je cherche à atteindre.

— Ouais… fit Eddy d'un air rêveur, un sourire sur les lèvres. T'as ton nom dans tous les bouquins d'histoire après… C'est la classe !

Stacy rigola à cette pensée.

— Je n'avais jamais considéré la chose ainsi, dit-elle, amusée.

— Mais moi, il m'en faut plus ! reprit Eddy. J'ai besoin de fric aussi ! Je vais pas me crever à bosser si je peux vivre relax ! Avec ça, t'as un salaire assuré jusqu'à la mort !

Ni Stacy, ni Luis ne répondirent. Au vu de sa situation, tous deux comprenaient son avis, et à aucun moment ils n'auraient cherché à le contredire ou à le convaincre d'autre chose. Et puis, la question soulevée par Stacy n'avait pas de réponse unanime.

— Ce qui me dérange le plus dans tout ça, reprit Luis, c'est que, bien souvent, la réalité est déformée.

Eddy ouvrit de grands yeux.

— Qu'est-ce que tu racontes ? l'interrogea-t-il.

— On ne nous dit pas tout ! Souvenez-vous, lorsque je vous ai parlé de ce petit livre que j'ai découvert à la bibliothèque… Je vous avais dit que la majorité des bouquins traitait les sujets de façon objective, ce qui signifie que le point de vue que nous avons sur l'histoire est très variable en fonction de la région où l'on se trouve. Vous voulez un exemple ?

Ses deux amis le fixèrent, intrigués.

— Je vais vous en donner un. Pour rester dans le thème, prenons la découverte de l'Amérique. Nous avons tous lu ou appris à quel point Christophe Colomb était un homme prodigieux et avait par ses voyages contribué au prestige de l'Europe. D'une certaine façon, c'est grâce à lui que notre nation existe aujourd'hui puisque nous descendons des colons européens. On est d'accord là-dessus ?

Eddy et Stacy confirmèrent.

— Bien. Nous retrouvons là le point de vue fièrement hérité de tous ces Européens qui, dès 1492, se sont lancés dans la conquête du Nouveau Monde. Toutes les grandes puissances du Vieux Continent ont commencé à développer leurs propres colonies et…

Eddy l'interrompit.

— Oui, nous connaissons tout ça, Luis. Je ne…

— Justement, c'est là que se trouve toute la subtilité ! Qu'y avait-il sur ces terres avant nous, valeureux représentants des rois d'Europe ?

— Les Indiens. Franchement, Luis, je vois pas ce que…

— Exactement ! poursuivit-il sans lui laisser le temps de finir sa phrase. Mais changeons de camp et abordons ces événements du point de vue des Indiens. Que voyons-nous alors ?

Eddy et Stacy s'échangèrent un regard inquiet.

— Le malheur et la mort ! s'exclama-t-il.

Ces paroles se répercutèrent en un léger écho contre la voûte de la grande nef.

— La découverte de l'Amérique a marqué le début d'un des plus gros génocides de l'humanité. Même si certains peuples ont vu en l'arrivée des colons européens le retour d'une de leurs divinités, le nom de Christophe Colomb est sans doute resté pour eux synonyme de guerre et de désolation ! En considérant l'histoire sous cet aspect, je doute beaucoup qu'on attribue autant de gloire à ce grand navigateur.

Quelques secondes silencieuses s'ensuivirent, puis Stacy prit la parole.

— Luis, c'est pas pour te vexer, mais je ne vois pas non plus où tu veux...

— Hélas, aujourd'hui encore, on omet volontairement de reconnaître le tort qui a été causé, et bon nombre de peuplades ancestrales n'ont pas droit au respect qu'elles mériteraient !

Luis semblait animé d'une véritable émotion et, bien qu'il fût en train de réfléchir à ce qu'il venait de partager, Stacy intervint.

— Je vois pas où tu veux en venir. Quel est le rapport avec le trésor d'Atahualpa ?

— C'est simple, dit-il en redressant la tête. Comme je vous l'ai dit, nous allons sans doute à notre tour entrer dans l'histoire. Nous sommes Américains, et c'est donc notre pays qui recevra la gloire de la découverte que nous allons faire. Mais réfléchissez bien : y sommes-nous parvenus tous seuls ?

Il leur laissa un petit moment pour songer à sa question avant de poursuivre.

— Non, évidemment. Plusieurs personnes nous ont aidés, et elles viennent toutes d'un continent différent. Isis, Pedro... Pensez-vous qu'ils obtiendront l'honneur qu'ils méritent eux aussi ?

Luis affichait un air déterminé.

— Je ne me pose même pas la question. En revanche, je ferai tout ce que je peux pour que leur nom ne passe pas aux oubliettes.

— Et les mafieux de Puno ? rétorqua Eddy.

Luis ouvrit de grands yeux, surpris.

— Ils nous ont aussi aidés en fin de compte, expliqua Eddy. Tu veux aussi leur rendre gloire après ce qu'ils ont fait à Stacy ?

— Je n'ai jamais imaginé leur offrir quoi que ce soit ! se défendit Luis. Ces types sont des vauriens qui manipulent et tuent pour s'enrichir ! Ils ne méritent la reconnaissance de personne !

— Tu crois qu'ils vont pas nous reconnaître quand ils verront nos tronches dans tous les journaux ? Ça va faire du bruit, notre découverte...

— Je sais.

— Ils vont forcément réclamer leur part du gâteau.

À cette idée, Stacy eut soudain l'air très inquiète, mais Luis savait qu'ils ne risquaient rien.

— Ça, je le leur déconseille, répondit-il. Ces types sont de vrais brigands, ça saute aux yeux. À mon avis, ils n'ont pas vraiment intérêt à apparaître sur tous les médias de la planète. T'as vu le sous-marin qu'ils avaient ? Dis-moi seulement comment ils pourraient justifier l'exploitation d'un tel engin dans ce lac si légiféré.

Eddy ne répondit rien, mais Luis sentait le doute persister en lui.

— Non, Ed. Si tu veux mon avis, ils en ont rien à foutre d'être reconnu dans cette histoire. Ils n'ont pas grand-chose à gagner au change.

Eddy hocha la tête.

— Il y a quand même quelques millions en or et en argent...

Stacy et Luis s'échangèrent un regard.

— J'en sais rien, Ed, lâcha-t-il finalement en un soupir.

Il n'avait jamais imaginé que, une fois leur découverte révélée au monde, les mafieux pourraient s'en prendre à eux.

— J'en sais rien et je m'en fiche ! Tout ce qui compte, c'est qu'Isis et Pedro ne soient pas oubliés.

Eddy haussa les épaules.

— Comme tu voudras. Je comprends ton souhait et je le partage, mais je voulais juste te rendre attentif que d'autres personnes pourraient réclamer leur dû.

Luis acquiesça silencieusement, puis se tourna vers Stacy, un sourire malin sur les lèvres.

— Tu nous as demandé ce qu'on envisageait de faire avec le trésor, mais tu ne nous as jamais parlé de tes projets à toi.

En effet, leur amie n'avait pas encore exprimé une seule fois depuis le début de leur voyage les raisons qui la motivaient.

— C'est vrai, admit-elle, plus amusée que gênée. On est parti complètement ailleurs.

Mais, au lieu de répondre, elle baissa la tête et se mit à jouer nerveusement avec ses bracelets.

Cette question la met mal à l'aise, comprit Luis. *C'est pas la première fois qu'elle nous demande quelque chose pour se rassurer…*

— T'y as pas vraiment réfléchi, c'est ça ?

Elle acquiesça avant de poursuivre, tout doucement :

— C'est tentant, évidemment. Mais… Je sais pas. Ai-je vraiment besoin de cet argent ?

Elle regarda alors Eddy.

— Je suis pas sûre de te rejoindre sur ce point, Ed.

Ce dernier lui sourit : il ne cherchait pas à les convaincre.

— Vous voyez, je crois pas que c'est ça qui me rendra heureuse. Vous savez, Chris…

Elle s'arrêta tout à coup.

— Il est au courant ? demanda-t-elle d'une voix rapide en désignant Eddy.

À ce moment, Luis fut pris d'un doute.

Après les événements de Tunis, il n'avait pas pu garder le silence sur ce qu'elle lui avait raconté à la Place de Barcelone. Il avait eu besoin de savoir ce qu'en pensait Eddy et s'était donc permis de partager ses confidences avec lui.

Aurais-je dû garder tout ça pour moi ?

— Quand ils t'ont attrapé, commença-t-il, troublé. Je voulais être sûr de...

— Tu as bien fait, le coupa-t-elle. Donc... Oui ! Je sais pas quelle réaction aurait Chris s'il me voyait débarquer avec les poches remplies de millions. Il...

Sa voix se cassa, et elle dut ravaler sa salive pour continuer.

— J'ai peur qu'il me fasse du mal, je...

Luis attrapa sa main et la serra dans les siennes.

— Rappelle-toi, Stacy. S'il y a quoi que ce soit, tu me le dis. Je ferais tout ce que je peux pour t'aider.

Une larme glissa sur la joue de son amie.

— Je sais, mais...

Elle s'essuya les yeux de sa main libre.

— Moi avec autant d'argent... Il est tellement avide de ce qui rend puissant, je... Il va me séquestrer !

À ces mots, elle fondit en larmes et s'écroula sur l'épaule de Luis.

— Il va me séquestrer ! cria-t-elle dans ses bras. Il va me séquestrer jusqu'à avoir tout dépensé !

Luis jeta un regard inquiet autour d'eux, persuadé que tout le monde était en train de les observer, mais les quelques touristes qui visitaient l'église ne semblaient pas avoir remarqué ses sanglots. Reportant son attention sur son amie, il la serra contre lui et lui caressa tendrement le dos.

— T'inquiète pas, je l'aurai à l'œil.

— Mais je le connais ! reprit-elle en hoquetant. Il voudra tout garder pour lui et...

— On l'aura à l'œil tous les deux, ajouta Eddy en attrapant son autre main qui dépassait derrière la nuque à Luis.

Elle laissa les larmes s'écouler un moment, puis releva les yeux vers les doigts d'Eddy chaudement refermés sur les siens. Posé sur la solide épaule de Luis, son visage rougi par les pleurs était à demi caché sous ses cheveux désordonnés. Ce fin rideau ne l'empêchait pourtant pas de considérer d'une certaine quiétude le sourire chaleureux que lui adressait le grand homme qui lui tenait la main.

— Merci les gars. Vous êtes…

Elle s'écarta de Luis, se réajusta sur le banc, puis sécha ses joues humides.

— Merci, mais je préfère ne rien prendre.

Elle acheva de remettre ses cheveux en place, puis conclut :

— Je ne veux pas prendre de risque. Gardez le trésor pour vous.

Ils l'observèrent, tous les deux affligés par le désespoir de leur amie.

— Mon trésor aura été de m'évader de ma prison pour vivre cette aventure avec vous.

— Mais, Stacy…

— On ferait mieux de se cacher, coupa-t-elle. Ça va bientôt fermer.

Eddy et Luis la regardèrent se lever pour se diriger vers le narthex en bois, près de la chapelle du Sacrement.

— Attends ! fit Eddy en bondissant. Comment tu sais que c'est l'heure ?

Elle se retourna, un mystérieux sourire sur le visage.

— J'ai vu ta montre quand tu m'as pris la main.

Surpris, il consulta le cadran qui brillait à son poignet, comme s'il avait oublié que sa montre y était accrochée. Luis lui emboîta le pas et tous trois se réfugièrent dans le petit espace clos, derrière les parois de l'entrée latérale.

Au même moment, un homme aux longs cheveux sombres s'engagea discrètement par la porte principale et contourna à son tour l'impressionnant arrière-chœur de l'église Sainte-Anne.

CHAPITRE 7

Une dizaine de minutes plus tard, la grande porte de l'église avait été refermée d'un claquement sourd, et quelqu'un avait alors verrouillé à clé depuis l'intérieur. Les deux Espagnols qui veillaient à l'entrée du temple avaient traversé la nef en discutant, passant juste à côté de refuge où s'abritaient Eddy, Stacy et Luis. Peu après, leur conversation s'était estompée, mais les trois amis avaient attendu encore quelques minutes avant de glisser furtivement la tête hors du narthex.

— OK, chuchota Luis. La voix est libre.

La chapelle du Sacrement se trouvait à moins de cinq mètres de là et, déjà, Luis se demandait comment ils allaient faire pour ouvrir la lourde grille.

C'est bête, on aurait dû y réfléchir, se reprocha-t-il en contournant les assises des fidèles.

Ils s'arrêtèrent devant la chapelle et Luis observa d'un œil attentif les hauts barreaux qui se dressaient face à eux.

— Double porte... murmura-t-il en faisant glisser sa main le long d'un montant.

Son regard se fixa sur le système de fermeture. Une épaisse barre horizontale coulissante maintenait les deux battants clos et était verrouillée par une serrure moderne.

— On pourrait pas la forcer ? suggéra Stacy.

Luis leva les yeux vers Eddy.

— Tu sais faire ? demanda-t-il, espiègle.

— Pas sûr…

Luis ouvrit son sac, en tira un tas de papier et dégrafa quelques trombones qu'il tendit à Eddy.

— Ça devrait le faire, sourit-il.

Stacy assista à cet échange avec beaucoup d'amusement. En fait, elle savait très bien que tous les deux avaient régulièrement forcé des serrures dans leur jeunesse, et elle savait aussi qu'il n'avait pas proposé sans raison à Eddy de le faire.

Il était de loin celui qui maîtrisait le mieux le crochetage entre eux.

Eddy s'avança vers la grille et se pencha sur le verrou, tendant d'une main solide le maigre bout de métal qui devait leur ouvrir la voie.

Au moment où il allait enfoncer le trombone dans la serrure, un bruit sourd, mais fort résonna dans toute l'église, comme si un lourd objet venait de s'écraser sur un parquet de bois. Tous trois sursautèrent et se retournèrent aussitôt.

— Qu'est-ce que c'était ? demanda Stacy, paniquée.

Ils balayèrent la nef du regard. Une importante lumière inondait encore l'intérieur de l'édifice, formant des ombres étranges sur le sol de pierre. L'immense retable renvoyait ses éclats dorés contre les briques ternes, mais le calme était revenu dans le temple.

En fait, tout semblait trop calme.

— J'avais jamais réalisé à quel point une église vide était sinistre…

Partageant le point de vue de Stacy, Luis reporta son attention sur les barreaux où Eddy s'était remis à l'œuvre.

— Pendant ce temps, essayez de trouver un moyen pour ouvrir le sol, déclara ce dernier.

Luis baissa les yeux vers le grand tapis coloré.
Le trésor est dessous, songea-t-il. *Faudra qu'on retire les dalles…*
Mais ils n'eurent pas l'occasion de réfléchir plus longtemps car Eddy venait de débloquer la serrure. Il sortit la barre de son logement, puis tira dessus. Un sinistre frottement de métal rêche résonna dans l'église et, un instant plus tard, le trio pénétrait dans la chapelle et s'agenouillait au centre, enroulant le tapis sur lui-même pour révéler le pavage noir et blanc.

— Vous avez une idée pour la suite ?

Luis haussa les sourcils.

— Faut qu'on retire ces carreaux.

— Ou alors, on les défonce.

— Surtout pas ! siffla Stacy en écarquillant les yeux. Ça ferait trop de bruit ! Faut qu'on gratte les joints pour les enlever intacts.

Luis sortit aussitôt le couteau que Jim lui avait donné et commença à racler les petits filets au bord des carreaux, faisant monter un léger, mais désagréable son jusqu'au sommet des trois nefs, derrière eux.

— Il y a quelque chose que je dois encore vous dire, dit-il d'un air grave en frottant avec le tranchant. Nous avons tous en tête la dimension inestimable de ce trésor, tout cet or, tous ces bijoux qui dorment sous cette église depuis des siècles… D'ici peu, on va les retrouver, mais n'oubliez pas une chose : la valeur humaine.

Le joint se faisait de plus en plus creux et un petit tas de sable grumeleux commençait à se former sur les carreaux, autour de la zone où Luis passait la lame.

— N'oubliez pas la valeur de la vie, tout simplement. Être riche, c'est bien, mais il faut savoir rester concentré sur des trésors encore plus précieux. À mon sens, la richesse matérielle n'apporte pas grand-chose, en revanche, celle du cœur ou de l'esprit saura toujours vous réconforter.

Eddy et Stacy l'écoutaient attentivement et, alors que Luis marquait une pause dans son explication, ils regardèrent le joint disparaître peu à peu, comme du sable fin qui, grain par grain, s'écoulerait dans le sablier du désir. Il cessa finalement de creuser et fixa d'un air grave ses deux amis.

— D'ailleurs, avant d'aller plus loin, je tenais à m'excuser, Stacy. Je n'ai pas été correct quand nous étions au Karaka, en particulier avec toi. Je suis plus que désolé de la façon dont j'ai agi.

Stacy hocha la tête, un sourire joyeux sur les lèvres.

— Ce n'est rien. T'inquiète pas, je comprends que tu tenais à ne pas manquer un potentiel indice.

Luis lui rendit son sourire.

— Et toi, Ed, poursuivit-il en se tournant vers lui. Je veux que tu saches qu'à aucun moment je ne t'en ai voulu d'avoir perdu espoir dans notre quête. J'ai peut-être été un peu rude contre ta décision, mais c'est ton choix, et tu as tes raisons. Je ne te reproche pas d'avoir refusé de me suivre à Paris.

Eddy fit un pas vers lui et s'agenouilla auprès de lui, posant sa grande main sur l'épaule de Luis.

— Je vais te dire, mon vieux. C'est moi qui t'ai pas porté avec ferveur dans cette aventure. Mais je dois reconnaître que jusqu'à maintenant, t'as géré comme un dingue tout ce qui nous est arrivé !

— Merci. Remarque : si tu étais resté acharné comme moi sur le trésor, tu n'aurais sans doute jamais ramassé ce flyer pour le concert au Palais Royal, et on ne serait peut-être pas là aujourd'hui !

Les trois amis rigolèrent à cette idée, puis Luis plaça à nouveau la lame du couteau entre deux carreaux, reprenant son laborieux travail pour décrocher le joint.

— Vous voyez, c'est ça qu'il faut. Garder les yeux ouverts sur ce qu'il y a de bon en chacun et sur les merveilles de ce monde.

Il adressa un grand sourire à Stacy, laquelle le lui rendit.

— Et gardez vos mains loin de ces carreaux !

La puissante voix qui avait tonné derrière eux leur arracha un cri de surprise, et Luis avait dérapé avec sa lame, manquant de peu le genou d'Eddy qui se trouvait en face de lui. En une fraction de seconde, ils s'étaient tous les trois retournés pour découvrir qui avait prononcé ces mots.

Un prêtre d'une hauteur impressionnante se tenait entre les deux battants de la grille et les observait d'un œil sévère, les bras croisés. Sous son crâne dégarni, les traits de son visage étaient crispés de colère, mais la longue soutane dont il était vêtu atténuait un peu l'air autoritaire qu'il se donnait.

Luis soupira, légèrement soulagé.

— Je m'en occupe, dit-il.

Luis se releva d'un mouvement lent et précis et fit face au nouveau venu, mettant malgré lui en valeur les solides muscles dont il était bâti. Les deux hommes qui se faisaient face formaient un étrange contraste : Luis paraissait aussi large et robuste que l'Espagnol long et mince. L'espace d'un instant, les yeux de l'homme de foi s'arrêtèrent sur la longue lame qu'il tenait encore dans la main, et Luis sentit un élan de panique gagner leur adversaire.

— Que faites-vous ici ?! s'exclama le prêtre.

Il semblait avoir une bonne maîtrise de l'anglais malgré un fort accent espagnol.

— Les visites sont terminées, et ce que vous faites là est interdit !

Leur adversaire se voulait impassible, mais il ne put réfréner un léger mouvement de recul lorsque Luis décala sa main pour tendre le couteau à Stacy. D'un pas très calme, Luis s'approcha de l'Espagnol et lui tendit la main.

— Bonjour, mon Père.

Déconcerté, le révérend décroisa les bras, mais refusa de lui rendre sa salutation.

— Sortez de cette chapelle immédiatement ! s'exclama-t-il sans ménagement.

Bien qu'habitué aux face-à-face conflictuels, Luis restait fasciné par l'incroyable verticalité de l'homme de foi.

Il est sûrement encore plus grand qu'Eddy, compara-t-il.

— Mon Père, reprit-il paisiblement, je crois qu'il y a confusion.

Un bruit de frottement sableux lui indiquait que Stacy s'était remise à l'ouvrage.

— Sortez d'ici ou j'appelle la police ! rugit-il en dressant le bras de côté, l'index pointé vers l'entrée de l'église.

Luis réalisa à ce moment qu'ils se trouvaient dans une situation dangereuse. Outre les menaces du prêtre, il constata qu'il suffisait à l'Espagnol de tendre ses longs bras pour rabattre les barreaux sur eux et les enfermer dans la chapelle.

— Très bien, dit Luis de la même voix posée. Vous permettez ?

Il s'avança lentement vers l'homme qui recula d'un pas à son approche. Luis le dépassa et s'arrêta au centre de la nef latérale, s'assurant ainsi de pouvoir intervenir si ses amis venaient à être bloqués derrière la grille.

— Je vais vous expliquer.

— Il n'y a pas d'explication ! Vous êtes en train de profaner un monument sacré !

— Permettez-moi de…

— Les seules explications que je veux sont vos identités ! Gardez le reste pour la police !

Luis ferma les yeux pour conserver son calme, mais le bruit de la lame grattant le joint lui rappelait que le prêtre avait raison.

— Mon Père, avec tout le respect que j'ai pour vous et votre temple…

— Fichez-moi le camp d'ici ! Pas la peine de parler de respect quand vous causez dans une église comme au bistrot ! Et surtout pas après ça !

D'un geste vif, il désigna ses deux amis occupés à décrocher le carreau. Instinctivement, Luis suivit son mouvement du regard au moment même où un craquement sec se fit entendre.

— Ça y est ! Elle est venue ! s'exclama Eddy, réjoui. Viens voir Luis !

Au moins, Ed est à nouveau enthousiaste, se consola Luis.

— Je n'ai pas fini de négocier.

Le prêtre maugréa quelques propos espagnols inaudibles.

— Qu'y a-t-il en dessous ?

— De la pierre, annonça Stacy. Enfin... C'est comme une dalle, on dirait. Mais beaucoup plus grande que le carreau qu'on a enlevé.

— Faut qu'on en retire d'autres, compléta Eddy.

— Parfait, encouragea Luis. Continuez comme ça.

Luis sentit le prêtre s'agiter à côté de lui, sans doute sidéré par l'échange qu'ils venaient d'avoir. Là, Eddy se leva, s'empara de l'un des solides porte-cierges dorés qui bordaient l'autel et en retira la bougie qu'il posa à terre. Retournant ensuite le chandelier, il plongea la petite pointe sous le carreau attenant au trou déjà formé.

— Écarte-toi, Stacy.

Pesant de toute sa force sur ce levier de fortune, Eddy donna un coup énergique et le carreau se détacha avec le même crépitement sec que le premier, faisant sursauter l'Espagnol.

— Yeah ! s'écria joyeusement Eddy. C'est génial !

— ¡ *Eso es suficiente* ! rugit le prêtre.

Il avait fait volte-face et prenait la direction du chœur. Luis se lança derrière lui.

— Mon Père ! Attendez !

— Vous ! fit-il en se retournant, furieux, pointant son index sur Luis. Vous ! Vous allez attendre bien sagement que la police vienne vous chercher !

— Je crains que nous ne soyons plus ici quand elle arrivera...

À cet instant précis, un lourd choc se propagea dans tout le corps de l'église, faisant vibrer l'air jusque dans la tuyauterie de l'orgue, au-dessus des stalles.

— Qu'est-ce que vous avez fait encore ! s'écria le prêtre.

Il se précipita brusquement dans la nef centrale et s'immobilisa en plein milieu, tournant le dos à l'immense retable de l'abside comme s'il s'apprêtait à prêcher son sermon. D'un œil aguerri, il se mit à scruter les bancs vides, fouillant du regard les moindres recoins de son église.

— J'ignore d'où vient ce bruit, déclara Luis, qui l'avait rejoint entre-temps. Je vous assure que nous n'avons rien fait ailleurs.

Le prêtre auscultait chaque colonne, chaque ombre qui eût pu abriter une quelconque machination de leur part. Vers la chapelle du sacrement s'échappaient de petits craquements secs, témoin des efforts d'Eddy et son levier.

— Ne me mentez pas ! Il y a quelqu'un d'autre avec vous, et il se cache par là-bas...

— Nous ne sommes que trois, mon Père, mais ce bruit m'intrigue autant que vous. Avant déjà, nous en avions entendu un, mais quand je vous ai vu arriver, j'ai pensé que c'était vous.

— Ne faites pas l'ignorant ! Vous avez un complice embusqué vers l'orgue.

Le prêtre s'enfila entre deux rangées de bancs pour rejoindre la nef latérale de droite, là où se trouvait la petite porte qui donnait l'accès à l'instrument liturgique.

— Impossible de monter là-haut, déclara Luis. C'est fermé à clé.

— La chapelle aussi était fermée !

Tout à coup, un grand cri de joie résonna dans l'église et Luis reconnut la voix de son ami.

Il a fini d'enlever les carreaux, pensa-t-il aussitôt.

— Luis, viens vite ! On a besoin de toi !

Celui-ci laissa sur place le révérend et bondit sans réfléchir vers ses amis occupés à dégager la fine poussière de pierre qui avait recouvert la dalle inférieure.

— Bien joué ! les félicita-t-il en s'accroupissant auprès d'eux.

Une grande et massive pierre de taille rectangulaire d'environ un mètre sur soixante centimètres se découpait distinctement dans le sol. Gravés sur sa surface, quatre caractères étaient apparus lorsqu'ils avaient soufflé le sable qui restait : 1535.

Luis contempla la date pendant quelques secondes en passant ses doigts dans les sillons, fasciné.

La porte du trésor inca...

Il leva finalement les yeux vers ses amis.

— Faut qu'on s'y mette tous ensemble.

La dalle était séparée de ses voisines par un tout petit espace, tout juste suffisant pour y glisser les doigts.

— Ça va pas le faire, Luis ! Elle doit être super lourde !

— Qu'est-ce que vous faites encore ?!

Luis s'était précipité tellement vite pour leur venir en aide qu'il n'avait plus fait attention au prêtre. Celui-ci l'avait en fait suivi et s'était arrêté à l'entrée de la chapelle, observant les moindres faits et gestes de Luis.

— Vous avez trouvé notre complice ? lui demanda Luis, narquois.

— Je préfère vous surveiller.

Luis se leva et s'approcha à nouveau de lui, agacé par son entêtement.

— Mon Père, la seule chose que nous devons faire, c'est ôter cette dalle. Au cas où vous n'auriez pas remarqué, nous n'avons rien cassé à proprement parler. Jugez-en par vous-mêmes.

Il s'écarta et tendit le bras pour désigner le petit tas de carreaux qu'Eddy avait soigneusement posé devant l'autel, tous intacts. L'Espagnol resta muet en découvrant cela, et son regard s'arrêta quelques secondes sur la date incrustée dans la pierre fraîchement dégagée.

— Et bien... Soit ! fit-il, troublé. Enlevez cette pierre et allez-vous-en ! J'ignore quelle manie vous prend de vouloir ouvrir ce sol, mais n'oubliez pas une chose : vous êtes ici dans la maison de Dieu ! Alors, respectez ce lieu en tant que tel !

À ces mots, il entra dans la chapelle et se posta sur le côté gauche, bras croisés, adossé contre le mur.

— Merci, mon Père, répondit Luis. C'est tout ce que nous voulions.

Ce dernier marmonna quelque chose et continua de les fixer, l'air à la fois furieux et dégoûté. Luis s'accroupit ensuite une nouvelle fois près de la grande dalle et fit glisser ses doigts sur le bord, le long de l'interstice.

— Comment faire pour la soulever ? demanda-t-il plus pour lui-même qu'en attente d'une vraie réponse.

Ses phalanges palpaient la roche à la recherche d'une aspérité.

— Sans prise, impossible de… Ah !

Une légère cavité avait retenu son attention sur le côté le plus large de la dalle.

— T'as trouvé quelque chose ? demanda Stacy.

Sans dire un mot, Luis se releva, se pencha en avant et replaça ses deux mains là où il avait senti la saillie, puis, tirant de toutes ses forces, il leva la lourde roche.

— Luis, t'es fou ! s'écria Stacy, affolée.

Lentement, la dalle de pierre s'inclinait, et plus l'espace s'élargissait, plus le visage de Luis prenait une teinte écarlate.

— Le chandelier ! cria-t-il en un souffle.

Tous ses muscles étaient bandés pour maintenir l'immense bloc de travers, mais il savait qu'il ne tiendrait pas longtemps. Son dos brûlait déjà de mille feux et de brusques tremblements commençaient à le secouer.

— Eddy ! Le chandelier ! répéta-t-il. Dans l'ouverture !

Son ami se précipita sur le long support qui avait servi de levier plus tôt et le glissa sans plus tarder dans le petit espace formé sous la roche, l'empêchant ainsi de revenir dans son logement. Au même instant, Luis relâcha ses muscles en libérant un immense cri de douleur qui perdura dans l'église bien après que le craquement de la dalle heurtant le chandelier ne s'estompe.

— Je vous ai dit de respecter ce lieu ! s'exclama le prêtre en décroisant les bras.

Mais Luis n'entendait rien.

De violentes lancées lui parcouraient le dos, comme s'il avait reçu un puissant coup avec une canne de golf. Yeux fermés, il s'était tendu droit comme un I et avait redressé la tête, tirant ses épaules en arrière pour essayer de faire disparaître la douleur.

— Luis ! Ça va ?

Encore une fois, il n'avait pas entendu la voix inquiète de Stacy. Un grand brasier enflammait tous les muscles de son dos, et Luis éleva finalement ses bras de côté en esquissant un léger rictus de souffrance.

— Ça va, Luis ?

Il resta bien trente secondes dans cette curieuse posture avant de se relâcher complètement, agité par une nouvelle énergie.

— Vite ! fit-il en faisant à nouveau face à la dalle. Aidez-moi à la tirer du trou.

Le chandelier s'était marqué d'une impressionnante déformation là où l'impact s'était fait, mais le résultat était efficace : le gros bloc était maintenu hors de son logement. L'ouverture créée ne permettait malheureusement pas à un homme de s'y faufiler.

— Faut qu'on la mette droite.

Derrière eux, le prêtre les observait en secouant la tête, las.

Luis se déplaça sur le côté étroit de la dalle, et Eddy se posta en face.

— On va continuer de la lever. Stacy, une fois qu'on aura élargi l'espace, tu pousseras la pierre par le côté.

Les deux amis tirèrent d'un mouvement commun sur la dalle qui se laissa entraîner sans résistance et, peu à peu, un gros trou sombre se découpa en dessous. Puis, alors qu'elle avait presque franchi les 45° d'inclinaison, Eddy se mit à crier, paniqué.

— Merde ! Elle glisse !

La roche lui échappa soudainement des doigts, et tout son poids se reporta sur Luis qui se sentit happé en avant.

— Merde ! s'écria-t-il alors que son corps entier s'enflammait à nouveau. Merde !

Retenue seulement par l'un des coins, l'épaisse dalle de pierre pivota en un rien de temps sur sa base dans un raclement rocailleux et perdit l'appui sur lequel elle reposait. Elle s'effondra alors et disparut dans le trou, emportant dans sa chute le gros chandelier. Un assourdissant craquement fit trembler toute la chapelle moins d'une seconde plus tard.

Le prêtre bondit sur ses pieds.

— Non seulement vous détruisez mon église, mais en plus, vous vous permettez d'y jurer ?!

Il agrippa Luis par l'épaule et le tira en arrière. Dérouté par l'audace de ce geste, celui-ci perdit l'équilibre et se rattrapa de justesse à la grille en fer, faisant à nouveau face à l'Espagnol en furie.

— Maintenant, ça suffit ! s'exclama ce dernier.

Son visage était devenu écarlate, et Luis devinait que l'émotion le faisait trembler de toutes parts.

— Sortez tous les trois de cette chapelle et donnez-moi vos identités !

À ce moment, l'Américain vit Stacy contourner d'un pas vif le trou béant, puis, sans dire un mot, s'avancer vers le révérend et lui asséner une puissante gifle. Étourdi à son tour, l'homme d'Église avait porté une main contre sa joue endolorie et considérait la jeune femme d'un air effaré.

— Stacy !

Plus énervé que surpris par cet acte, Luis n'avait pu s'empêcher de hurler le nom de son amie en la jaugeant sévèrement, mais elle ne lui prêta pas la moindre attention.

— Écoutez-moi bien, Monsieur le prêtre ! annonça-t-elle d'une voix cinglante. Vous nous cassez les pieds avec vos histoires ! Dès que vous êtes arrivé, j'ai eu envie de vous en coller une ! Alors maintenant, vous allez rester bien sagement dans votre coin et nous laisser faire ce que nous avons à faire !

Luis s'avança vers elle, furieux.

— Stacy ! Qu'est-ce qui te prend !?

Il allait poser une main sur son épaule, mais elle fit un mouvement de côté.

— Laisse-moi ! lança-t-elle, farouche. Monsieur le prêtre, nous n'avons pas l'intention de vandaliser quoi que ce soit, mais ce trou était une nécessité ! Maintenant, nous allons descendre là-dedans, et je ne veux pas entendre un mot ! C'est clair ?

Il resta muet, la main toujours plaquée sur sa joue, et dévisageait l'Américaine.

— Et puis, on va faire mieux ! reprit-elle. Vous venez avec nous ! Au point où on en est, il vaut mieux qu'on vous surveille aussi !

Stacy se retourna et observa le trou obscur devant elle. Son regard semblait animé d'une étonnante détermination.

— C'est profond ? demanda-t-elle sèchement.

Eddy haussa les épaules.

— On n'a qu'à l'envoyer en premier, dit-elle en désignant le prêtre.

— Y a pas plus de trois mètres, lui signala froidement Luis.

Il se rapprocha à son tour de l'ouverture en la fixant d'un œil mauvais.

— Et j'irai moi en premier.

Elle le regarda s'asseoir au bord de l'inquiétant précipice, indifférente.

— Non, Luis, s'interposa Eddy. C'est pas à toi de risquer ta vie. C'est à moi.

Luis tourna la tête vers son ami, lequel vint s'asseoir en face de lui, de l'autre côté de la cavité.

— Rappelle-toi. C'est moi qui voulais à tout prix partir à la recherche de ce trésor. Quand tu nous en as parlé, au *Jackson's*, c'était juste pour discuter d'un bouquin que t'avais lu. J'ai été bête, je me suis laissé envier. Mais vous avez réfléchi, et maintenant, on est là, au seuil d'une grande découverte, à se demander qui doit risquer sa vie en premier.

Il leva les yeux vers leur amie, restée debout derrière Luis.

— Stacy, tu as subi bien assez de mal entre Puno et Tunis, jamais je ne te laisserai passer devant. Et toi, Luis, tu as déjà bien assez payé de ta personne dans cette aventure.

Il le fixa d'un air grave, et Luis put alors voir la sincérité dans son regard. Ce n'était pas l'envie du trésor qui parlait.

C'était l'amitié.

— À présent, c'est à moi de faire ma part.

Ils s'observèrent un moment, sans ciller. Un silence de mort s'était abattu dans l'église, et même le prêtre qui s'était montré jusque là très virulent respecta cet auguste instant.

Finalement, après une bonne minute sans dire un mot, Luis acquiesça et tendit une main fraternelle au-dessus du vide.

— Merci, Ed.

Eddy referma étroitement sa main sur celle de Luis.

— Si ça devait mal tourner pour moi, rappelez-vous d'une chose : cette aventure, c'était vraiment géant !

Il leur adressa un grand sourire, puis lâcha les doigts de Luis pour se laisser tomber dans le puits ténébreux. Un bruit sourd s'échappa du trou, instantanément suivi d'un bref cri de douleur.

Puis ce fut le silence.

CHAPITRE 8

Le temps s'était arrêté dans l'église Sainte-Anne. Têtes penchées au-dessus du trou, Stacy et Luis avaient déjà appelé plusieurs fois leur ami et attendaient toujours un signe de vie de sa part.

Mais tout restait silencieux.

Même le prêtre s'était légèrement rapproché de l'ouverture, peu rassuré. Sous la chapelle, les ténèbres étaient totales. L'étroit espace qu'ils avaient créé ne laissait entrer que peu de lumière, et celle-ci était très vite avalée par l'obscurité lugubre du souterrain.

— Oh non... s'épouvanta Stacy en plaquant une main devant sa bouche, la voix tremblante. Qu'est-ce qu'on a fait ?

Tout aussi inquiet, Luis s'efforçait de chasser de sa tête l'horrible vision d'Eddy ensanglanté au fond du trou, le corps percé sur de multiples pieux acérés.

On n'est pas dans la jungle... se dit-il pour se rassurer.

— On n'aurait jamais dû le laisser aller... se lamenta Stacy, les yeux larmoyants.

Puis, délicatement, un léger frémissement s'éleva des profondeurs, et une voix s'écria :

— Ouah ! C'est tout noir ici !

Un immense sourire traversa leur visage.

— On n'y voit pas plus que dans un estomac de cachalot !

— Eddy !

Luis ressentit un grand soulagement.

— Ça va ?

— Impec' ! répondit-il. Luis avait raison ! C'est pas très haut, mais faites attention à l'atterrissage, je... Je crois que je me suis cogné la tête.

— Ça marche ! On te rejoint tout de suite.

Luis se redressa et fixa le prêtre droit dans les yeux.

— Mon Père, souhaitez-vous nous accompagner ?

Ce dernier hésita avant de répondre.

— Je croyais que je n'avais pas le choix.

Luis lança un regard noir à Stacy.

— Libre à vous de le décider, dit-il. De toute façon, une fois que nous aurons disparu dans ce trou, nous ne serons plus un danger pour votre église.

Luis n'avait jamais considéré leur démarche comme étant dangereuse, mais il s'alignait volontairement sur l'opinion du prêtre.

Si nous jouons son jeu, il nous laissera tranquilles.

— J'ignore qui vous êtes, reprit le révérend après un moment. J'ignore si je dois me méfier de vous ou pas. Une seule chose est sûre : je dois protéger cette église.

Luis l'observa d'un œil attentif.

Il ne nous fait pas confiance...

— Dieu me dit de ne pas vous suivre là-dedans, mais c'est pour moi le seul moyen de garder un œil sur vous et de protéger Sa maison. Je viendrais donc également.

— Pas de problème, acquiesça-t-il. Je vous demanderai cependant de passer avant mon amie et moi-même. Ne craignez rien, Eddy ne vous fera aucun mal.

Luis repassa la tête au-dessus de l'ouverture.

— Ed ! Le prêtre vient avec nous. Il descend maintenant, assure-toi qu'il ne lui arrive rien !

L'Américain se redressa et aperçut le révérend effectuer un signe de croix en marmonnant ce qui devait être une prière. Il s'assit ensuite au bord du trou et, s'agrippant au rebord, se laissa lentement glisser dans l'obscurité. Luis fut véritablement surpris de voir avec quelles grâce et souplesse ce grand homme disparut par l'ouverture avant de se laisser choir dans le vide.

— Mon Père, est-ce que ça va ? demanda Luis une fois qu'il l'eût entendu atterrir.

— *Si, gracias.* Tout va bien.

Rassuré, Luis se tourna finalement vers Stacy et s'approcha d'elle, l'air sévère.

— Qu'est-ce qui t'as pris ?! s'exclama-t-il, les traits tendus, se retenant de crier. Pourquoi l'as-tu frappé ?!

— Tu crois peut-être que j'allais le laisser nous emmerder encore plus longtemps ? répliqua-t-elle, les dents serrées. T'as vu comme il t'a attrapé ?!

— Stacy, imagine-toi ! Tu es responsable d'un bâtiment comme celui-ci. Imagine-toi découvrir un groupe en train d'ouvrir le sol d'une des chapelles quinze minutes après avoir fermé les portes de l'église. Tu ferais quoi, à sa place ?

— Luis, ce type est malade !

Elle le fixa avec des yeux noirs, vexée qu'il ne la comprenne pas.

— Il croit qu'on veut démolir son église ! Il va faire que nous amener des problèmes !

Luis inspira profondément et répondit d'un ton plus calme.

— Écoute, même si nous n'avons rien cassé en soi, nous venons de faire quelque chose d'illégal. La réaction de ce prêtre est tout à fait normale, et je suis d'ailleurs surpris qu'il ait accepté de nous laisser continuer !

Il considéra son amie avec beaucoup de sérieux.

— Quoi qu'il en soit, cet homme vient avec nous, et rien ne doit lui arriver !

— Super ! rétorqua-t-elle. Maintenant, on doit même le protéger ! Compte-pas sur moi pour…

Luis l'attrapa par les épaules.

— Stacy ! Nous devons…

— Lâche-moi ! rugit-elle en se dégageant d'un mouvement.

Luis sursauta, surpris de sa réaction.

— Écoute, s'il arrivait quelque chose à ce prêtre, comment ferions-nous pour justifier nos bonnes intentions ?

— J'en sais rien ! dit-elle sèchement en s'approchant à son tour du trou. T'avais qu'à y réfléchir, puisque t'es si malin !

Elle avait à peine fini sa phrase qu'elle se propulsa d'un geste énergique à travers l'ouverture. Luis la regarda disparaître dans l'ombre, consterné.

Que lui arrive-t-il ?

Était-ce la fièvre de l'or qui la rendait aussi agressive ? Cela paraissait peu probable puisqu'elle venait d'affirmer qu'elle ne voulait rien recevoir du trésor. Cependant, elle avait déjà agi avec beaucoup d'ardeur hier, au Palais Royal, lorsqu'elle s'en était prise à Pedro, et cela ne lui ressemblait pas du tout. Elle avait toujours été une personne douce. C'était d'ailleurs souvent grâce à elle que des discordes pouvaient s'apaiser et, même si elle pouvait parfois se montrer piquante, jamais elle n'avait utilisé de violence. Mais ce qui venait de se produire dans la chapelle du Sacrement dépassait Luis.

Il ne reconnaissait plus son amie.

— Luis, tu viens ?

La voix d'Eddy le tira de ses pensées. Rapidement, il se dirigea vers l'autel de la chapelle et y déposa le contenu de son sac, à l'exception de quelques documents qu'il jugeait encore utiles, ainsi que le couteau et le zippo que Jim lui avait offert à l'aéroport. *Les deux choses que tout homme avisé se doit d'avoir sur lui,* lui avait dit le jeune anglais. Bien que surprenants dans un premier temps, ces deux présents s'étaient révélés bien précieux depuis son retour à Madrid, et Luis se jura de penser à lui au moment de révéler au monde la découverte du trésor inca.

Il le mérite aussi. Comme Isis et Pedro.

— Luis !

Eddy s'impatientait.

— J'arrive !

Il arracha en vitesse les trois longs cierges crochés sur leur bougeoir ainsi que celui qu'Eddy avait posé à terre, puis les glissa dans son sac. Une fois la bandoulière passée autour du cou, il s'empara encore des deux petits chandeliers installés sur l'autel, les coinça sous son bras et vint finalement s'asseoir au bord du trou, comme l'avaient fait les autres avant lui.

Il allait sauter dans le vide lorsqu'un grand claquement sec résonna quelque part, à l'autre bout de la nef. Luis tourna instinctivement la tête.

Une porte...

Il avait complètement oublié les bruits étranges qui étaient survenus plus tôt, mais cette fois, c'était sûr, il y avait quelqu'un dans l'église.

Mais qui ? se demanda Luis, intrigué. *Et pourquoi se cache-t-il ?*

Luis repensa aux paroles du prêtre. *Vous avez un complice embusqué vers l'orgue...*

Un complice vers l'orgue ? Eux-mêmes avaient essayé de se cacher là-haut, mais la porte était fermée.

— Alors, tu sautes ? cria Eddy. Tu nous masques la lumière avec tes jambes !

Luis baissa la tête, fixa l'immense obscurité sous ses pieds et parcourut une dernière fois la nef du regard. Les grandes colonnes de briques se suivaient les unes après les autres, encadrant les rangées de bancs inoccupés avec une lourde austérité.

Tout semblait calme à nouveau.

C'est vrai que c'est sinistre, une église vide, concéda une nouvelle fois Luis.

Peu rassuré, Luis se leva et vint refermer la grille à l'entrée de la chapelle avec le même grincement assourdissant que lorsqu'ils l'avaient ouverte. Il retourna ensuite vers le gouffre en mettant ce mystérieux claquement de porte sur le compte de son imagination.

Mais il savait qu'il n'en était rien.

Le bruit avait été bien trop réel.

À nouveau, Luis plongea son regard vers le trou obscur où pendaient ses pieds et remarqua qu'un air frais et humide s'échappait du sous-sol. Alors, il poussa sur ses mains et se laissa tomber à son tour.

La chute ne dura pas plus d'une seconde, mais il fut tout de même légèrement dévié de sa trajectoire et atterrit sèchement sur le côté. Une douleur aiguë lui traversa aussitôt la jambe — celle-là même qui avait été touchée par la balle, à Tunis — et Luis se retint de lâcher un cri sous le choc.

— Ça va ? lui demanda Eddy, quelque part sur sa droite.

Sans répondre, Luis laissa son corps s'apaiser et sentait sous ses mains le sol dur et froid de la crypte secrète.

De la pierre.

Autour d'eux, tout était noir, la petite lucarne qui perçait le dallage de la *Capilla Sacramental* ne donnait vraiment que très peu de lumière.

— T'en as mis du temps, mon vieux.

— C'est que... commença Luis en s'asseyant.

Devait-il parler de ce nouveau bruit qu'il venait d'entendre dans la nef ? Qu'est-ce que ça changerait maintenant qu'ils étaient tous ici ?

— Rien.

À tâtons, Luis ouvrit son sac, attrapa l'un des cierges et chercha son briquet. Quelques instants plus tard, une douce flamme éclairait le lieu, plongé depuis si longtemps dans les ténèbres.

Ils se trouvaient dans une sorte de salle rectangulaire d'environ trois mètres sur six. Les murs en grosses pierres de taille brutes conféraient immédiatement à cette pièce une allure ancienne et singulière. Elle était entièrement vide, à l'exception d'une vieille échelle en bois poussiéreuse, posée contre l'une des parois. Une solide voûte en berceau se refermait à trois mètres du sol, percée maintenant par l'ouverture qu'ils avaient créée pour entrer que Luis considéra avec inquiétude.

On vient d'enlever l'une des pierres de la clé de voûte...

Bien que très ancien, l'ensemble paraissait robuste et Luis rabaissa son regard vers ses amis. Eddy et le prêtre, debout à sa droite, scrutaient avec le même étonnement que lui cette étrange salle. Les deux hommes avaient un air vraiment imposant avec leur haute silhouette, et Luis remarqua que l'Espagnol était effectivement plus grand que son ami. Néanmoins, il distinguait à présent autre chose que de la colère dans les yeux du révérend : la curiosité l'avait gagné lui aussi. Stacy, quant à elle, se trouvait de l'autre côté et leur tournait le dos, observant leurs ombres dansantes sur le vieux mur de pierres, bras croisés.

Tout à coup, Luis s'alarma.

— Eddy, tu saignes !

Ce dernier passa automatiquement une main sur sa tête et remarqua alors que ses doigts s'étaient parés d'une teinte écarlate.

— C'est rien, dit-il en s'essuyant sur son pantalon. Je vous ai dit, j'ai dû me cogner. Je crois que j'étais un peu sonné.

Luis se tourna vers leur amie.

— Stacy, commença-t-il d'une voix posée, j'aimerais...

— Fiche-moi la paix !

Eddy dévisagea Luis avec de grands yeux, étonné, et celui-ci soupira en lui faisant signe de laisser tomber. Puis, finalement, le prêtre demanda :

— Où sommes-nous ?

Ils regardèrent autour d'eux.

— Quelque part sous l'église.

— Mais où se trouve le trésor ? s'interrogea Eddy, légèrement déçu.

En effet, pas un seul reflet n'accrocha la lueur du cierge, la salle semblait véritablement vide. Plus que tout, Luis constata qu'elle devait se prolonger au-delà de la surface de l'église, sous la *Calle Vázquez de Leca*.

Une zone sombre se découpait entre les vétustes pierres, tout au bout de la pièce. En plissant les yeux, Luis remarqua que la flamme oscillante de la bougie n'y brillait pas, comme si elle était aspirée par l'obscurité.

— Là-bas, dit-il simplement en tendant le doigt. Il y a un passage.

Tous les autres se tournèrent dans la direction qu'il indiquait, et Luis en profita pour se relever. Il sentit alors sa jambe défaillir sous son poids et hurla de douleur, alertant Eddy qui parvint tout juste à le rattraper avant qu'il ne s'écroule au sol. Tout devint sombre à nouveau.

Dans sa chute, il avait fait tomber la bougie.

— Ma cheville... dit-il en se massant d'une main, soutenu par son ami. Je crois que je me suis blessé en atterrissant.

— Tu vas réussir à marcher ? s'inquiéta Eddy.

Déjà, Luis ouvrait son sac et en sortait un nouveau cierge.

— Il faudra bien.

Il donna le cylindre de cire à Eddy, l'alluma, et une chaude lumière éclaira instantanément la salle. Le prêtre se pencha pour ramasser toutes les autres bougies qui avaient échappé à Luis lors de sa chute, ainsi que les candélabres.

— Tiens, prends-en un, dit-il à Stacy en allumant l'une des mèches.

— J'en ai pas besoin ! répondit-elle froidement.

Luis la fixa quelques secondes, puis se résolut à abandonner.

Ça lui passera.

Il rangea dans son sac les cierges que lui tendait le prêtre, à l'exception de deux d'entre eux qu'il enflamma aussitôt. Il en donna un à l'Espagnol.

— Allons-y.

Soutenu par Eddy, Luis se dirigea vers l'ouverture sombre qu'il avait repérée avant, suivi par le prêtre et Stacy. Chaque nouveau pas lui arrachait une grimace de douleur, mais Eddy était robuste. À mesure que leurs flammes combattaient les ténèbres, Luis sentait son cœur s'accélérer, excité à l'idée de ce qu'ils allaient trouver derrière ce passage rectangulaire.

Le trésor des Incas... se répétait-il dans sa tête, incapable de croire à leur réussite.

Lentement, l'ombre reculait en dévoilant la vieille maçonnerie et, très vite, Luis comprit qu'ils n'étaient pas encore au bout de leurs peines.

— Un couloir...

L'ouverture s'était transformée en un sinistre boyau d'un peu plus d'un mètre de large et s'inclinait en pente douce vers l'inconnu. Les mêmes dalles de pierre sombres se succédaient sous leurs pieds, mais l'intense obscurité qui régnait ici ne leur permettait pas de voir à plus de deux mètres avec la maigre lueur de leurs bougies. Retenant leur souffle, les quatre visiteurs entamèrent avec prudence la descente sur ces pierres qui, avec l'âge, s'était recouverte d'un voile glissant et humide.

Combien de mètres mesurait ce couloir ? Personne n'eût pu le dire, et pas un mot ne fut échangé pendant leur avancée. De petits nuages de vapeur s'échappaient de façon saccadée de leur nez ou de leur bouche et, autour d'eux, un léger écho renvoyait le bruit sec de leur pas. Derrière, Luis entendait le prêtre marmonner incessamment des propos en espagnol pendant que Stacy, fermant la marche, se murait dans le silence.

Mais, inlassablement, le couloir de pierre se poursuivait et s'enrobait de l'étonnante teinte orangée des flammes timides.

Interminable...

— Je peux savoir où nous sommes ? finit par demander le révérend.

Luis s'était depuis longtemps interrogé sur le silence de l'Espagnol à ce sujet. Il s'éclaircit donc la gorge et répondit, le souffle raccourci par la douleur que lui procurait chaque pas.

— Mon Père, vous êtes sur le point de participer à une grande découverte historique, mais je ne peux cependant pas vous en dire plus pour l'instant.

— Ah ouais ? rétorqua Stacy, cynique. Quand tu veux, tu racontes volontiers qu'on recherche l'or des Incas !

— Stacy !

Instinctivement, Luis tourna la tête pour la regarder et son pied dérapa sur une dalle. Pris de surprise, il s'écroula à terre en criant, entraînant Eddy avec lui. La flamme de son cierge s'éteignit aussitôt, et il l'entendit heurter le sol et rouler le long de la pente. Malgré l'intense douleur qui lui brûlait la cheville, Luis l'avait suivi des yeux et fut étonné de la voir subitement disparaître, comme avalée par les ténèbres.

Où est-il passé ? s'interrogea-t-il.

La maigre lueur des autres bougies n'éclairait que modestement la pénombre, aussi Eddy s'avança avec prudence à la recherche de celle que Luis avait lâchée. Tout à coup, il se recula vivement et s'écria, effrayé :

— Bordel ! C'est pas possible !

Sa voix résonna avec force dans le long tunnel, rebondissant contre les vieilles pierres humides. Aussitôt, le prêtre aida Luis à se relever et ils rejoignirent Eddy qui n'avait plus bougé d'un cheveu.

Alors, ils comprirent tous la raison de sa surprise.

À un peu plus de deux mètres devant eux, l'obscurité gagnait encore en intensité à l'endroit exact où s'achevait le couloir, révélant un immense précipice circulaire d'au moins douze mètres de diamètre. Le trou béant plongeait comme un cratère dans les entrailles de la Terre et, sur leur droite, un étroit escalier de pierre s'y enfonçait en suivant l'incurvation du mur, rapidement avalé par le noir.

— Incroyable... murmura Luis, le souffle court, fouillant la nuit du regard.

À quelle distance se trouvait le fond ? Impossible de le dire tant la pénombre enveloppait les lieux. Luis sentait cependant sur sa peau un air froid monter depuis les profondeurs, âcre et humide.

Il remarqua à ce moment qu'une fine corniche faisait le tour du gouffre à leur niveau et, sur les côtés, deux grosses poutres de bois distantes d'environ deux mètres s'élançaient par-dessus le vide vertigineux pour former une sorte de passerelle, dépourvue de plancher.

— Qu'est-ce que c'est cette corde, là ? demanda tout à coup le prêtre en tendant le doigt devant lui.

Ils regardèrent tous dans la direction indiquée.

Deux solides poutres étaient fichées dans le mur de part et d'autre du précipice, à peu près trois mètres au-dessus de la corniche. Elles s'alignaient parfaitement à celles qu'ils avaient vues en premier et servaient visiblement de support à un complexe système de poulies duquel pendaient non pas une, mais quatre grosses cordes qui s'enfonçaient dans le gouffre à distances égales.

Tous les quatre observèrent l'étonnante installation qui plongeait au cœur des profondeurs, puis Luis s'avança sur une idée.

— Ça ressemble à un vieil ascenseur. Ou plutôt un monte-charge.

— Et tu crois que l'or est en bas ? fit Eddy en s'approchant, attiré par l'immense abîme.

Luis fronça les sourcils.

— Si c'est pas le cas, je vois pas où il pourrait être.

Le prêtre les rejoignit.

— Donc... dit-il, hésitant. Vous prétendez qu'au fond de ce trou, il y a un trésor ?

Luis se tourna vers lui et s'appuya contre le mur pour décoller sa cheville du sol. Pouvaient-ils lui faire confiance ?

De toute façon, il ne peut rien faire d'autre que nous suivre.

— Ce tunnel renferme vraisemblablement l'un des plus fabuleux trésors de l'humanité : l'or perdu d'Atahualpa, le dernier empereur inca. Toutes ces richesses ont été récoltées par Francisco Pizarro — un conquistador espagnol des grandes découvertes — avant d'être acheminées jusqu'ici, à Séville.

— Je croyais qu'il fallait rien dire, accusa Stacy d'un ton moqueur.

— Jusqu'à aujourd'hui, ce trésor est resté une légende, poursuivit Luis sans prêter attention à sa remarque. On en a beaucoup parlé, mais personne n'est jamais parvenu à le retrouver.

Le prêtre acquiesça.

— Oui, en effet. J'en ai déjà entendu parler, mais il me semblait qu'il était plutôt situé du côté du Pérou, non ?

— Précisément ! annonça fièrement Eddy. La légende dit qu'il reposerait au fond du lac Titicaca. Nous avons plongé dans ce lac et avons résolu un certain nombre de mystères qui nous ont conduits jusqu'ici.

— Oui. La piste remonte à cette église, et plusieurs éléments nous ont ensuite aidés à trouver l'emplacement exact.

— Et… reprit le prêtre, incrédule. Et vous comptez descendre là en bas tout de suite ?

Il jaugea d'un air inquiet le grand gouffre sombre, derrière Eddy.

— Bien sûr que non ! s'exclama Stacy. On va repartir comme si de rien n'était, remettre la dalle en place et oublier cette histoire !

Luis soupira devant son arrogance.

Qu'est-ce qui lui prend ? se demanda-t-il en jetant un regard en biais à son amie.

Il avait eu envie de lui répondre, mais savait que toute discussion était impossible avec elle en ce moment. Pourtant, il aurait tout donné pour comprendre ce comportement curieux.

Cet homme n'a rien fait de mal, s'assura-t-il une nouvelle fois. *C'est nous qui sommes en tort.*

Évidemment, Luis avait remarqué un changement d'attitude depuis qu'elle les avait rejoints à Madrid, et il revit encore une fois l'étrange lueur qui avait brillé dans les yeux de son amie lors de leur rencontre, dans le hall de l'hôtel.

Une lueur hostile, avait-il alors pensé.

Avec un peu de recul, il réalisait maintenant qu'il ne s'agissait pas d'hostilité.

C'était de la haine.

— Tu vas réussir à descendre avec ta cheville ? demanda finalement Eddy.

Luis revint au présent et son regard sauta de son ami au menaçant escalier.

— C'est très étroit, et ça a l'air super glissant. Je pourrai pas te soutenir comme je l'ai fait jusqu'à présent.

Luis hocha la tête et marcha en boitant vers l'escalier

— Pas de problème, je me tiendrai à la paroi.

Luis avança son pied et descendit la première marche sous les regards inquiets du prêtre et de son ami.

— C'est l'avantage des vieux murs, sourit-il. Y a plein de prises pour s'agripper.

— Évidemment, c'est pas là que tu trouveras des prises électriques ! railla Stacy.

Une longue procession commença. Baigné dans l'humidité, l'escalier était devenu très glissant avec les années. Une bonne couche de mousse s'était formée par endroit et menaçait de s'arracher lorsqu'ils posaient le pied dessus. Un véritable silence de mort régnait autour d'eux, dans cette obscurité, et seules quelques gouttes d'eau s'écrasant quelque part contre la pierre se faisaient entendre en un fin écho. Crispé au possible, Luis avançait péniblement, la jambe freinée par sa cheville blessée.

Sans doute une déchirure, songea-t-il, les dents serrées.

Tous les quatre avaient perdu la notion du temps. Ils ignoraient depuis combien de minutes — ou d'heures — ils étaient entrés dans ce souterrain, et la lente descente s'éternisait. Pas après pas.

Marche après marche.

Un seul pas de côté, et c'est la fin…

Épuisé dans sa lutte contre sa cheville endolorie, Luis tâcha de se concentrer sur l'escalier qui, inlassablement, tournoyait vers le fond du gouffre. mais la vision du vide abyssal sur sa gauche le déstabilisait fréquemment.

Inévitablement, il finit par déraper sur une marche un peu moins plate, et tout s'enchaîna très vite ensuite. Il vit en une fraction de seconde sa vie entière défiler sous ses yeux alors que, derrière, Eddy hurlait son nom comme un dingue.

Un violent choc le frappa en plein dans le dos et lui arracha un cri de douleur, renvoyé avec force par l'énorme puits. Sa tête se cogna contre la roche, et tout devint noir.

Pendant quelque temps, il entendit des voix s'affoler au-dessus de lui, lointaines et plaintives. Un étrange courant frais soufflait dans ses omoplates, mais, en lui, tout était chaud. Ses jambes, ses bras, son thorax… Tout son corps semblait s'être enflammé, et il ne pouvait rien faire pour l'apaiser.

Il était incapable de bouger.

Puis, peu à peu, l'épais voile noir qui lui bouchait la vue se mit à trembler, remué par des milliers d'étoiles blanches. Minuscules.

Éblouissantes.

Il sentit des arêtes froides et humides s'enfoncer dans son dos et ses mollets, et la myriade d'étoiles prit finalement une teinte orangée. Elle se mit à vibrer, trembloter, comme parcourue par un souffle invisible et, rapidement, tous ces points lumineux fusionnèrent pour former un immense soleil, encore plus aveuglant. Là, deux grands yeux perçants apparurent derrière l'éclat incandescent.

Deux yeux inquiets, atterrés.

— Eddy…

Un sourire s'esquissa derrière la flamme orange, et Luis reconnut nettement le visage de son ami. Lentement, il reprit ses esprits, le dos labouré par les marches de l'escalier, et eut soudain l'impression que son crâne allait exploser comme une marmite à pression.

Que s'est-il passé ?

Luis s'aida de ses mains pour se redresser, à moitié sonné par sa chute. Il s'assit et sentit son cœur faire un bond. Sur sa gauche, à moins de quinze centimètres de ses doigts, le dangereux précipice s'ouvrait vers le vide abyssal...

Eddy, Stacy et le prêtre observaient Luis depuis derrière, rassurés de le voir retrouver conscience. Combien de temps avaient-ils attendu là, debout à deux pas de l'abîme, sans même pouvoir lui venir en aide ? Il allait le leur demander lorsque ses yeux furent retenus par un détail, un peu plus loin.

Située légèrement en contrebas, une nouvelle ouverture surmontée d'un arc en plein cintre se découpait au fond du puits, donnant accès à un autre espace totalement plongé dans le noir. À vue d'œil, Luis estima qu'il ne devait pas leur rester plus d'une trentaine de marches pour l'atteindre.

— Ça ira, mon vieux ? s'inquiéta Eddy.

— On y est, regardez ! répéta-t-il simplement en reprenant son chemin.

En raison de l'escalier en spire, le fond du trou était légèrement plus étroit que le sommet et renforçait encore cette saisissante sensation d'impuissance dont il était victime.

Combien de mètres nous séparent de la chapelle ? se demanda-t-il.

Incapable de répondre à cette question, il se tourna prudemment de côté en grimaçant de douleur et attrapa la main qu'Eddy lui tendait. Il constata une fois debout que la base du puits était en grande partie couvert d'un immense tas de détritus difformes et, à la faible lueur des cierges, il reconnut de vieux morceaux de bois complètement vermoulus.

— Allons-y, annonça Luis, prêt à achever la descente.

Savoir qu'ils étaient près du but lui redonnait toute son assurance. En posant son pied sur les épaisses dalles au fond du puits, Luis remarqua que deux sillons parallèles y étaient taillés et passaient sous l'arcade, en direction de la nouvelle salle.

Des rails ?

Mais le prêtre leva tout à coup la voix.

— ¡ *Santo Cielo !*

Luis se retourna juste à temps pour le voir achever un signe de croix, horrifié, puis ce fut Stacy qui hurla en portant la main devant sa bouche.

— Quelle horreur !

Il eut alors lui aussi un haut-le-cœur en découvrant ce qui les avait épouvantés.

À leur gauche, à la place de ce qu'il avait pris pour des bouts de bois, il distingua maintenant les restes décharnés d'êtres humains, empilés au fond du puits comme de vulgaires déchets. Tous ces os s'entrecroisaient de façon tellement désordonnée qu'aucun squelette entier n'était visible : le temps et les charognes les avaient démembrés. Quelques crânes les accueillaient avec un sinistre rictus édenté, observant du creux de leurs orbites vides ces visiteurs du monde d'en haut.

Luis parcourut du regard les reliques des cadavres, plus rationnel que les autres devant cette macabre vision.

— Qu'est-il donc arrivé à ces malheureux ? s'enquit Eddy.

Luis réfléchit quelques secondes avant de se risquer à une hypothèse.

— Il semblerait que ces gens aient pu contribuer à la construction ou à l'acheminement de l'or en cet endroit, et qu'ils aient ensuite été exécutés par souci de discrétion.

Il regarda l'immensité ténébreuse au-dessus de leur tête.

— Par souci de discrétion ? demanda Eddy.

— Oui. Souvenez-vous. Charles Quint, bien qu'ayant les pleins pouvoirs sur son empire, n'était pas très apprécié des Espagnols. Ils soupçonnaient leur monarque de penser davantage aux intérêts du Saint-Empire que de l'Espagne elle-même. Les cortès, c'est-à-dire le parlement de l'époque, étaient très réticentes à octroyer à Charles Quint des financements pour ses projets de l'Empire. Il se pourrait donc qu'il ait décidé de se constituer une réserve secrète personnelle avec les richesses du Nouveau Monde pour pouvoir y puiser en cas de nécessité.

— Mais pourquoi le cacher ici ?

— C'est simple. Vu que les Espagnols se montraient souvent défavorables à ses dépenses, comment Charles Quint aurait-il pu obtenir des financements si le peuple et le parlement savaient qu'il possédait une trésorerie aussi importante ?

Son raisonnement semblait cohérent, et même Stacy l'écoutait attentivement, le teint livide.

— Pour éviter ce genre de conflit qui pourrait dégénérer en révolte, Charles Quint se devait de supprimer tous les risques possibles…

— Et il aurait fait exécuter tous ces gens ? avança Eddy, dégoûté.

Luis acquiesça en observant tristement le tas d'ossements enchevêtrés.

— Comment… Comment pouvez-vous…

Scandalisé par la supposition de Luis, le prêtre ne trouvait plus ses mots. Il dirigeait frénétiquement son regard sur lui, puis sur Eddy, puis sur les squelettes, et finit par s'écrier, un index tremblant pointé sur Luis :

— Ce trésor est maudit ! N'allez pas plus loin !

Le révérend semblait épouvanté à cette idée.

— Allons, mon Père, modéra Luis, beaucoup plus cartésien. Le sort de ces pauvres gens est regrettable, mais…

— Regrettable ?! s'offusqua-t-il en ouvrant de grands yeux. C'est monstrueux, oui ! Comment peut-on voler la vie de ces hommes ?! Pour de l'or, en plus ! Comment…

Il secoua la tête, démuni devant l'horreur qu'il venait de découvrir.

— ¡ *Por Dios* ! Cette abomination… Sous mon église…

— Mon Père…

— De tels criminels ne devraient même pas oser entrer dans une église !

L'émotion avait surpassé la foi, et le prêtre continuait de secouer la tête, marmonnant quelques mots en espagnol sous les regards impuissants des trois Américains.

— Vous voici hélas confronté à la triste réalité des colonisations, annonça Luis. Croyez-moi, ces victimes n'étaient ni les premières ni les dernières. Combien d'Incas sont tombés devant les canons espagnols avant même que Pizarro ne pose pied au Pérou ? Le Nouveau Monde ne s'est-il pas justement créé sur une sanglante répression des dissidents à la parole de Dieu ?

Il laissa au prêtre le temps de la réflexion, mais ce dernier le dévisageait comme s'il venait de prononcer le pire des blasphèmes.

— Tout n'est pas rose dans l'histoire, reprit-il. Pour atteindre notre niveau de civilisation actuelle, bien des crimes ont été injustement commis au nom de Dieu.

À ces mots, Luis ouvrit son sac et en sortit un nouveau cierge. Il l'alluma et le porta devant son visage qui se para aussitôt d'une mystérieuse teinte orangée.

— Libre à vous de regagner la sortie, mais sachez que vous serez seul. Mes amis et moi-même irons jusqu'au bout.

Il avait regardé le prêtre droit dans les yeux, et ses paroles avaient claqué dans l'air comme un défi.

— Je viendrai moi aussi, répondit-il finalement comme entraient tous deux en compétition. Je veux voir jusqu'où peuvent mener la folie humaine et l'appât du gain.

Luis l'observa quelques secondes, ignorant s'il devait considérer ces propos contre eux personnellement ou s'ils étaient adressés aux conquistadors. Puis il se retourna et tout le groupe se remit en marche. Luis concentrait toute son énergie sur sa démarche oscillante, et l'affreuse douleur dans sa cheville et son dos lui électrifiait le corps en augmentant son rythme respiratoire. À présent, l'air renfermé et humide qui s'engouffrait dans ses poumons avait une curieuse odeur de mort...

Ils passèrent l'arche sans dire un mot et entrèrent dans la seconde salle. Les murs étaient toujours bâtis de cette ancienne maçonnerie en pierres de taille, formant une vaste pièce rectangulaire sans autre issue. Un large et solide chariot y stationnait, reposant sur quatre grandes roues cerclées de fer. Celles-ci s'inséraient parfaitement dans les sillons creusés au sol, confirmant ainsi l'idée que Luis avait émise plus tôt. Chose curieuse : le wagonnet n'était pas pourvu de rebord. Il ressemblait à un simple plateau de transport sous lequel on aurait fixé des essieux.

— C'est bien ce qu'il me semblait, annonça Luis.

Il déposa son cierge au sol, à mi-chemin entre l'entrée et le chariot, puis continua d'avancer avant de s'arrêter à un mètre du véhicule.

— Regarde ! Il y a des escaliers ici ! s'exclama Eddy en se détournant du chemin adopté par son ami.

Le prêtre prit la même direction, et tous deux commencèrent à en gravir les marches.

Stacy allait les suivre quand Luis releva :

— Attends ! C'est très intéressant ! Les Espagnols ont dû se servir de cet engin pour déplacer le trésor d'une pièce à l'autre !

Elle fit quelques pas vers Luis, puis se retourna subitement, alertée par un bruit inconnu.

— Je parie que l'or se trouve par ici, reprit l'Américain. Et sauf erreur...

Il leva la tête vers le plafond au moment même où Stacy hurla de toute sa voix :

— Attention !

Luis n'eut même pas le temps de réagir qu'une ombre avait surgi derrière lui et lui avait immobilisé les bras, glissant sous sa gorge une longue lame d'acier tranchante...

CHAPITRE 9

La pénombre était presque totale dans le lugubre souterrain de l'église Sainte-Anne. Seule la bougie posée par Luis sur le vieux chariot quelques secondes auparavant fournissait un peu de lumière et, plus loin, accrochés sur les hauteurs de cette grande salle circulaire, une lueur dansante trahissait la présence de Eddy et du prêtre, tous deux engagés sur la volée de marches d'escalier.

— ¡ *No se movais* ! siffla le nouvel arrivant à l'oreille de Luis.

Sa voix était marquée d'un fort accent latin.

Sans l'épaisse lame qui lui piquait la gorge, Luis aurait immédiatement tenté de se défendre. Mais il n'avait vraiment pas vu venir cet inconnu qui l'avait de suite immobilisé d'une étreinte ferme et déterminée.

Sans doute quelqu'un qui a l'habitude des corps-à-corps, estima Luis.

— Qui êtes-vous ?! hurla Stacy d'une voix stridente. Montrez-vous !

Comme pour répondre à sa demande, l'assaillant se tourna peu à peu, entraînant l'Américain dans son mouvement. Luis réalisa à ce moment qu'Eddy et le prêtre s'étaient arrêtés et observaient la scène, paralysés par l'arrivée de cet homme menaçant. Il regretta aussitôt l'intensité des flammes de leurs cierges qui pouvait à tout moment les dévoiler.

Éteins-moi ça, Ed ! pensa fortement Luis.

Il leur fit un discret signe de la main — la seule partie corps qu'il pouvait bouger sans risquer une blessure — et il aperçut finalement l'une des bougies disparaître avant que les deux hommes ne poursuivent leur ascension.

La voix paniquée de Stacy le ramena à son propre sort :

— Libérez mon ami !

Elle n'avait plus fait le moindre geste depuis l'arrivée de l'agresseur, et Luis sentit la terreur dans ses trois mots. L'inconnu éclata de rire.

— Ça fait plaisir de se retrouver, non ?

Luis n'avait aucune idée de qui il s'agissait. L'homme se tenait évidemment derrière lui et la lame plaquée sous sa gorge lui interdisait tout mouvement. Quelque part, dans les hauteurs de la salle, Eddy et le prêtre avaient trouvé refuge. La lueur de leur cierge s'était encore un peu plus atténuée et seule une petite oscillation orangée détachait le plafond de la nuit alentour.

Imperceptible pour quelqu'un qui n'y prête pas attention.

Et il y avait assez d'autres choses à observer. Caché à la fois par la stature imposante de Luis et par la pénombre où il se trouvait, l'inconnu avait l'avantage de s'être placé devant la bougie, unique source de lumière efficace à cet instant. Stacy était donc incapable de discerner les traits de son visage, aussi fit-elle prudemment quelques pas en avant pour tenter d'identifier l'homme.

— ¡ *Muy bien !* fit ce dernier, amusé. Approchez-vous !

Stacy se figea aussitôt.

— Que voulez-vous ?! répliqua-t-elle, la voix tremblante. On ne vous connaît pas !

L'Espagnol avait forcé Luis à reculer jusqu'au vieux chariot.

— Oh que si, vous me connaissez !

L'espace d'un instant, Luis songea à frapper son ravisseur pour s'échapper. Mais la seule source de lumière se trouvait à moins d'un mètre de lui, et l'idée que la bougie puisse s'éteindre dans la rixe ne le rassura pas.

Comment prendre le dessus sans pouvoir discerner ce que je fais ?

Il avait bien le zippo au fond de sa poche, mais comment l'allumer alors sans se faire immédiatement repérer ? Il devait attendre le bon moment.

Le mystérieux malfrat poursuivit :

— Sans moi, vous ne seriez pas ici !

Là, le sang de Luis se glaça, et tout devint évident. Il comprenait mieux quelle était l'origine de ces bruits entendus plus tôt, dans la nef de l'Église. Et il savait qui était cet homme…

— Vous êtes un des mafieux de Puno ! s'exclama-t-il, soudain pris de colère.

Ils nous ont bloqués ! regretta-t-il en se remémorant l'horrible altercation qu'ils avaient eue avec eux, le soir où ils avaient quitté la ville.

Tous deux se trouvaient exactement en face de Stacy qui était restée à sa place, paralysée par la peur. Et c'est alors qu'un discret phénomène attira l'attention de Luis.

Illuminée de face par la flamme dansante de la bougie, Stacy aurait dû être complètement entourée par la nuit. La délicate lueur orangée aurait peut-être été assez forte pour atteindre le mur d'où ils étaient tous entrés, mais à cet instant, la silhouette svelte de son amie se détachait de façon très nette devant l'ouverture. De celle-ci émanait d'ailleurs un étonnant mouvement d'éclairage artificiel, à la fois froid et blanchâtre.

Cet homme n'est pas venu seul, comprit l'Américain. *Ses complices se tiennent là-bas, cachés près du tas de squelettes…*

L'agresseur traduisit les derniers mots de Luis d'un air surpris :

— ¿ *Un mafioso ?*

— Ne faites pas l'ignorant ! fit Luis, les dents serrées. Comment nous avez-vous retrouvés ?!

Les lumières en provenance du puits s'étaient éteintes et Luis sentait que le Latino avait légèrement relâché son bras armé. Son expérience des combats lui avait apporté une capacité de réflexion et d'évaluation des risques plus qu'avancée et, comme il devinait l'arme toujours pointée près de son torse, l'ancien policier décida de temporiser encore un peu.

Et puis, il y a ses complices là-bas...

— Le hasard fait bien les choses ! ricana l'inconnu. C'est vous qui m'avez conduit ici !

Impuissant, Luis essaya de se rappeler à qui ils avaient parlé de leur voyage à Séville, mais ils n'avaient discuté avec personne depuis qu'ils avaient résolu l'énigme des Stradivarius, à Madrid.

Personne à part le prêtre. Et celui-ci se trouvait avec Eddy, quelque part au-dessus de leur tête.

— C'est vous qui m'avez demandé de lire votre carte au trésor ! reprit le bandit.

Notre carte au trésor ? s'interrogea Luis.

— Nous n'en avons jamais eu !

À défaut de carte, le trio n'avait jamais rien eu d'autre que des textes mystérieux. Des textes qui, depuis le début, n'avaient cessé de les envoyer d'un pays à un autre. Tout à coup, il se rappela d'un élément. Insignifiant.

Inexplicable.

Et alors il comprit. Tout comme Stacy qui, au même instant, s'exclama :

— Le traducteur ?!

— ¡ *Si, Señora !* acclama-t-il fièrement. ¡ *El traductor !*

Il attrapa violemment Luis par-derrière et coinça à nouveau le tranchant de la lame sur sa gorge.

— Vous croyiez sans doute que j'allais vous laisser ramasser l'or de mes ancêtres ?!

En un instant, Luis s'était rappelé l'étrange comportement d'Aldego Vancho, le traducteur de Puno, lorsque celui-ci avait demandé des détails sur leur découverte du puma perdu. D'une seconde à l'autre, le Péruvien était alors passé de l'excitation au froid le plus glacial…

Voilà pourquoi il avait noté Tunis au lieu de Madrid ! réalisa aussitôt Luis en revoyant le texte inexact qu'il leur avait donné.

— Vous nous avez induits en erreur ! accusa Luis, les dents serrées.

— ¡ Si ! avoua Aldego, le regard avide. Je descends moi-même directement d'une lignée inca, mais jamais je n'ai récupéré de preuve intéressante dans ce lac ! Aujourd'hui, le vent a tourné ! L'heure est venue pour moi de rendre gloire à mon peuple !

Luis sentit le couteau s'agiter contre son cou sous l'excitation du traducteur.

Comment a-t-il pu nous suivre jusqu'ici ? se demanda-t-il.

— Ça suffit maintenant ! s'écria Stacy, les larmes aux yeux. Relâchez Luis !

— Le relâcher ? répéta Aldego, amusé. ¡ Non lo creo ! Comment pourrais-je être convaincant sans monnaie d'échange ?

Luis sentait le sang battre à sa tempe sous l'émotion, et il devinait un mesquin sourire sur le visage du Péruvien.

— Écoutez, Monsieur Vancho, reprit calmement Luis. Je ne sais pas comment vous nous avez retrouvés, ni même quelles sont vos motivations pour en arriver à de telles menaces, mais je vous rappelle que ce n'est pas vous qui avez risqué plusieurs fois votre vie pour arriver jusqu'ici.

Aldego éclata de rire.

— Et alors ?! La vie est faite d'injustice ! s'écria-t-il, joyeux. Vous jouez de malchance, c'est tout ce que je peux dire ! Ce n'est pas ça qui m'empêchera de devenir riche !

— À votre place, je ne m'avancerais pas autant sur ce point, répondit Luis d'un ton toujours aussi détendu.

Adopter une attitude décontractée faisait partie de sa stratégie pour faire croire à Aldego qu'il n'était ni impressionné ni inquiet. Il déployait pourtant un immense effort pour retenir sa colère et éviter de contrarier le Péruvien. Il suffisait que celui-ci effectue un mouvement un peu brusque pour que le poignard lui entame la gorge.

— Ce que je voulais dire, c'est que vous n'êtes sans doute pas autant habitué aux dangers de l'aventure que nous.

— ¡ *Cállate* ! s'exclama le traducteur en enfonçant légèrement le tranchant de la lame contre la peau de Luis.

La pression du métal froid lui glaça le sang. Il n'avait plus droit au moindre geste. Heureusement, ils avaient probablement un avantage de taille : Eddy et le prêtre étaient cachés quelque part, entre eux et le trésor. Il n'avait plus aperçu de lueur sur les hauteurs, aussi conclut-il qu'ils avaient éteint le second cierge.

Pourvu qu'ils trouvent une façon de nous tirer de là...

— Vous ne savez rien de moi ! rugit le Sud-Américain.

Luis perçut comme une certaine crainte dans cette réaction défensive, mais Stacy, quelque part devant eux, s'était mise à pleurer.

— Poursuivre seul dans ce souterrain serait de la folie, murmura Luis, la voix bloquée par la lame. Vous y laisseriez votre peau.

Aldego écarta son arme et rigola.

— Si quelqu'un doit mourir aujourd'hui, ce ne sera pas moi ! Vous passerez devant, suivi de votre amie, et je fermerai la marche ! Ainsi, vous serez le premier exposé en cas de menace. Et si n'importe qui tente quoi que ce soit...

Il plaqua le dos du couteau contre le cou de Luis et fit mine de lui trancher la gorge, imitant de sa bouche le bruit d'une peau qu'on entaille. Stacy, horrifiée, laissa échapper un petit cri en l'entendant.

— Ai-je été clair ? insista-t-il en ricanant.

Luis ne répondit rien. Il devinait une immense avidité dans les yeux du Péruvien, mais ne pouvait rien tenter dans cette pénombre.

Et puis, il a visiblement remarqué que nous ne sommes pas que les deux !

— On fera tout ce que vous voulez ! s'exclama Stacy dans un souffle.

— ¡ Perfecto !

À ce moment, il plongea l'une de ses mains dans le sac que Luis portait toujours et en ressortit un nouveau cierge.

— Allume-le !

Luis attrapa sans attendre le zippo dans sa poche et en fit aussitôt jaillir une belle flamme. Le visage basané du Péruvien laissait voir un grand sourire cupide croché d'une oreille à l'autre, et Luis maintint quelques secondes le briquet en l'air, pensif. Il n'avait qu'à lancer cette source de lumière au loin et donner un coup de pied dans la grosse bougie allumée devant lui pour répandre dans la salle une complète obscurité.

— Allume le cierge ! cria à nouveau le traducteur, impatient.

Luis tourna la tête. Stacy observait les deux hommes, épuisée par l'émotion qui la rongeait. Son regard plongea dans le sien, et alors il prit sa décision. Seul, Luis aurait encore pu tenter l'impossible, mais la détresse dans les yeux de son amie ne lui laissait pas le choix.

Lentement, il avança sa main vers la mèche puis, sans un mot, attendit qu'elle s'enflamme à son tour. Un sourire de satisfaction se dessina sur les lèvres d'Aldego Vancho.

— Recule-toi ! ordonna le Péruvien à l'encontre de Stacy. ¡ Inmediatamente !

Elle obéit sans résister et fit quelques pas en direction de la porte où ils étaient entrés.

Que font Eddy et le prêtre ? se demanda Luis.

Lorsqu'elle fut à environ deux mètres du seuil, Aldego lui fit signe de s'arrêter. De là, la flamme orangée du cierge ne l'atteignait quasi plus.

— C'est parfait ! s'exclama-t-il.

À cet instant, une immense lumière inonda la salle, une lumière comme jamais ces pierres n'avaient dû en connaître. L'éclairage était si puissant après ces longs moments dans l'ombre que tous les trois furent obligés de se couvrir les yeux.

— À qui le dis-tu ! tonna alors une voix rocailleuse.

Luis entendit quelques mouvements précipités devant lui, puis il tenta de retrouver la vue en abaissant ses bras.

Peu à peu, leurs pupilles s'habituèrent aux lampes éclatantes et Luis distingua finalement l'inimaginable. Cinq silhouettes massives et menaçantes se dressaient sous la voûte d'entrée. La lumière restait trop forte pour qu'il puisse identifier les nouveaux arrivants, mais il remarqua que quatre d'entre eux tenaient dans leurs mains des fusils d'assaut semi-automatiques.

— Allez-vous-en ! s'écria Aldego, soudain pris de panique. Vous n'avez rien à faire ici !

Le cœur complètement affolé, Luis ne savait s'il devait se réjouir de l'inquiétude du traducteur ou pas. Ce n'était apparemment pas des complices qu'il avait aperçus tout à l'heure au pied du puits et, par conséquent, tous trois ignoraient quelle était la motivation de cette nouvelle menace.

— Il paraît qu'un trésor se cache par ici, ma présence est donc tout autant justifiée que la vôtre.

Luis échangea un regard intrigué avec Stacy. Ce maigre échange lui indiqua cependant que son amie était très mal à l'aise.

La voix rauque poursuivit :

— À vrai dire, il y a autre chose qui m'intéresse également.

La silhouette de l'homme au centre s'avança lourdement en direction de Stacy.

— J'ai ici quelque chose qui m'appartient et que je veux récupérer.

Luis maintint le contact visuel avec la jeune femme, et il sentit un élan de panique emplir son regard. Elle se tourna vers celui qui s'approchait d'elle et crut alors que son cœur s'arrêtait.

— Chris ?!

Il continua d'avancer lentement jusqu'à un mètre d'elle, et elle pouvait maintenant reconnaître les cheveux courts dressés en pics sur sa tête.

— Et oui, c'est moi ! répondit-il. Tu crois vraiment que j'allais te laisser filer comme ça ?

Sa voix était empreinte de colère. Luis s'était depuis habitué aux lampes aveuglantes qui déchiraient la nuit et il distinguait mieux les hommes restés en retrait, prêts à user de leurs armes.

Quatre agents du FBI...

— Fichez le camp ! leur hurla le traducteur, paniqué.

Aldego avait naturellement relâché son bras armé, pris de surprise par l'arrivée de la brigade fédérale. La longue lame lançait des éclairs sous le reflet saillant des LED, et Chris semblait ne pas avoir remarqué le Luis. Il se contentait de dévisager le Péruvien en plissant les yeux.

— Savez-vous qui je suis ? dit-il finalement d'un ton méprisant. Vous devez être bien prétentieux pour oser...

L'Américain se figea tout à coup en fixant Luis.

— Ça alors ! fit-il soudain d'un air joyeux. Voilà qui est bien embêtant, n'est-ce pas, mon cher Luis ?

Celui-ci ne répondit rien et lui lança un regard sombre. Se retrouver si près de l'homme qui avait fait tant de mal à Stacy lui répugnait, et une irrésistible envie de lui sauter au cou monta en lui.

Aldego promena ses yeux d'un homme à l'autre, tentant de cerner le lien qui les unissait. Alors, il reprit vigueur et plaça à nouveau son poignard sous le menton de Luis.

— Foutez le camp ! répéta Aldego, terrifié. Foutez le camp ou je le tue !

Le Péruvien renforça son étreinte et approcha encore la lame de la gorge à Luis, lui entaillant légèrement la peau. Luis cria sous la douleur et sentit un fin filet de sang chaud s'écouler sous son polo. Il vit Stacy plaquer les mains devant sa bouche, horrifiée.

Le visage de Chris s'illumina un peu plus.

— Mais je t'en prie, ne t'en prive pas ! Depuis le temps que je veux voir ce sale cafard crever !

Chris, décidé à ce que le traducteur applique sa menace, s'approcha lentement du petit wagonnet, mais Stacy se rua devant lui, les yeux remplis de larmes.

— Non, Chris ! Arrête !

Chris se tourna sanas hésitation vers sa femme et lui envoya un violent revers de main dans le visage qui lui arracha un cri. Stacy fut brutalement projetée au sol et, les jambes à demi pliées, elle passa alors une main devant sa bouche pour y essuyer une trace de sang, complètement atterrée.

— Ça te calmera ! rugit son mari, sans émotion.

Sous le choc, Luis observa avec tristesse son amie qui sanglotait, allongée sur la pierre froide.

— Toujours en train de chialer... se désola Chris en secouant la tête. Si tu crois que je suis venu seulement pour te récupérer ! Dès que j'ai vu que tu t'es taillée avec ce con, j'ai compris ce que tu faisais !

— Tu... Tu ne sais rien du tout, fit-elle d'une toute petite voix.

— Ta gueule ! T'as la tête tellement vide que tu sais même pas préparer ta valise ! Mais je devrais t'en remercier : le bouquin que tu m'as laissé était très instructif !

Le regard de Luis se figea à ces mots.

Le livre !

Il avait complètement oublié ce détail que Stacy avait évoqué lors de leur vol pour Juliaca, tout au début de leur expédition. Durant leur discussion, elle avait mentionné avoir laissé chez elle le petit livre qui traitait de la région de l'Altiplano péruvien et de ses légendes. Sur le moment, il s'était un peu emporté, puis il n'avait plus pensé à cette histoire. Apparemment, Chris était tombé dessus et les avait suivis dans leur chasse au trésor. Il leur avait laissé faire tout le travail pour venir se servir à la fin...

— Le lendemain de ton départ, poursuivit Chris, je recevais du NYPD une demande d'enquête sur un certain Luis Kamau.

— Lâchez-moi ! ordonna ce dernier à Aldego.

Mais le traducteur continuait de maintenir fermement sa prise, ne sachant pas de quel homme il devait se méfier le plus. Il gardait toujours le couteau prêt à l'usage, mais il semblait moins sûr de lui.

— Comme son officier ne répondait plus aux appels et messages qu'il envoyait, le capitaine a craint qu'il lui soit arrivé quelque chose ou qu'il ait renoué avec son passé peu glorieux.

Chris avait expliqué cela à Stacy en ignorant délibérément la présence de Luis.

— Mon passé me regarde ! protesta celui-ci en gesticulant dans l'étreinte du Péruvien. Et je n'ai pas de remords à ce sujet !

— Et bien tu devrais ! vociféra Chris en se tournant vers lui. Dois-je rappeler la raison pour laquelle tu as vécu près de deux ans en prison ?

Luis ne répondit rien et le jaugea d'un air furieux.

— Mais qu'importe ! reprit-il en baissant à nouveau les yeux vers sa femme. J'ai donc été mandaté pour mener l'enquête sur ce sale merdeux : j'avais carte blanche.

Pendant ce temps, Stacy avait rampé au sol pour s'éloigner de Chris et s'était approchée elle aussi du wagon. Les quatre agents du FBI étaient restés stoïques près de l'entrée et n'avaient pas fait le moindre geste.

— Retrouver sa trace n'était pas bien compliqué, expliqua Chris. Ton imbécile d'ex n'a même pas pensé à mettre sa carte de crédit de côté ! J'ai donc vu qu'il se rendait à Puno et ai tout de suite fait le lien avec le trésor décrit dans ce petit livre que tu m'as si gentiment donné...

— Et tu as envoyé tes hommes à Puno, acheva Luis.

Chris tourna son regard vers le New-Yorkais.

— Évidemment ! Mais ces incapables vous ont laissé filer !

— Mais alors... dit Stacy, la voix tremblante.

Elle s'était relevée et s'appuyait contre le vieux chariot de bois, encore sonnée par le coup que lui avait porté son mari.

— Les trois hommes, à Tunis...

Chris la dévisagea, l'air satisfait.

— Bien vu ! C'était moi aussi ! Je dois d'ailleurs remarquer que les photos de ce cafard sont très parlantes ! Je ne savais pas que Madrid se trouvait en Tunisie !

À ces mots, il sortit de sa poche le téléphone de Luis, abandonné durant la course poursuite de la casbah. Aldego Vancho avait fini par relâcher Luis et écoutait attentivement la conversation. Peu à peu, le Péruvien sentait le doute monter en lui.

— Je t'interdis de fouiller mon téléphone ! riposta Luis, ignorant les propos dégradants qui lui étaient adressés. Tes hommes ont failli nous tuer !

— Ta gueule ! rugit Chris sans ménagement. Ils avaient l'ordre de vous ralentir par tous les moyens ! En tant que criminel en fuite, je m'estimerais heureux d'être toujours en vie, à ta place !

— Criminel ? répéta Stacy en se tournant vers Luis.

Celui-ci remarqua son air étonné, mais lui-même était pris au dépourvu par cette accusation et se contenta de hausser les épaules. Le commandant du FBI feignit la surprise.

— Oh... Je ne vous ai pas encore dit ?

Un sourire malfaisant se dessina sur son visage.

— J'ai dû faire endosser une autre affaire à ce cher Luis pour avoir le champ libre.

Stacy eut l'impression qu'on lui donnait un coup de poing dans le ventre et fut subitement prise d'une immense envie de vomir.

— Mais personne n'en saura jamais rien ! s'exclama Chris, l'air réjoui. Tu vas bientôt rejoindre tes petits copains, Luis !

Laissant échapper un rire moqueur, il tendit le bras vers l'entrée de la salle, désignant le tas de squelettes qui gisaient au fond du puits, derrière les quatre individus qui s'étaient écartés pour libérer la vue sur cette scène macabre.

— Pourquoi agis-tu ainsi, Chris ?! s'écria Stacy, les yeux humides. Pourquoi ?!

Il fixa son regard sur elle.

— Pourquoi ? répéta-t-il lentement. Parce que je déteste chacun des membres de sa sale famille de blacks !

Luis sentit son cœur faire un bond. Il avait déjà appris que Chris était une véritable brute envers Stacy, mais il ignorait encore qu'il était raciste. Dans ses yeux, ce n'était plus la malveillance qu'il voyait.

C'était la haine.

— Regarde toi-même, imbécile ! s'écria Chris à l'encontre de sa femme. Ces gens ne valent rien ! Mes agents t'ont enlevé et ce salaud n'est même pas venu te rechercher !

Il tendit la main vers Luis, le visage complètement rougi par sa véhémence.

— Il t'a laissé tomber comme une merde, obsédé par son trésor ! Lâche comme tous ceux de sa race !

— C'est faux ! hurla Stacy. Il ne m'a jamais laissé tomber ! Quand tes hommes m'ont attrapé, à l'aéroport, Luis a suivi ce que je lui ai dit de faire, et il a bien fait ! S'il était rentré, tu l'aurais condamné pour un crime qu'il n'a pas commis !

Cette fois, Chris ne répondit pas. Il respirait bruyamment, envoyant par ses narines d'immenses volutes de vapeur dans l'air.

— Luis est bien plus intelligent que toi ! reprit Stacy. Il a déjoué ton plan et tu n'as même pas réussi à m'empêcher de partir à nouveau !

Elle fit quelques pas et rejoignit Aldego et Luis, resté sur le côté du vieux wagonnet de bois. Le traducteur l'avait suivie du regard, mais n'avait manifesté aucune opposition à ce rapprochement. Lui-même ne savait plus que penser de la situation bien que, dans sa main, la grande lame d'acier brillait toujours sous l'éclat des puissantes lampes du FBI.

— Pauvre idiote ! rétorqua Chris en ricanant. Tu croyais que j'allais te laisser repartir sans rien faire ?!

Il plongea ses petits yeux sombres dans les siens.

— En fait, je devrais presque te remercier. Si je suis ici aujourd'hui, c'est un peu grâce à toi...

Stacy se figea tout à coup, décontenancée.

— Ou plutôt grâce à ton sac. Mes hommes ont évidemment pris soin d'y intégrer un traceur GPS, puisque vous avez décidé de vous débarrasser de vos téléphones à Tunis !

Stacy ouvrit la bouche pour dire quelque chose, mais aucun son ne sortit. Elle regarda son mari, puis son sac, puis son mari à nouveau.

Il m'a fait suivre par satellite ? s'étrangla-t-elle. *C'est moi qui l'ai conduit jusqu'ici ?!*

Dégoûtée, elle laissa tomber son sac à terre dans un bruit sourd, les yeux toujours rivés sur Chris.

C'était de sa faute si le FBI les avait retrouvés au moment même où ils touchaient au but. C'était de sa faute s'ils étaient tous bloqués là, au fond de ce souterrain de malheur.

C'est de ma faute si Luis meurt...

— Tuer des gens ne m'amuse pas, annonça Chris, l'air grave. Mais quand y a de la vermine, il faut la supprimer !

Il fit un pas vers eux, marqué d'une détermination sans précédent.

— Maintenant, je dois achever la tâche qui m'a été confiée. Que cela te plaise ou non, Stacy.

À ces mots, il dégaina un Glock 22 qu'il arma et pointa aussitôt sur Luis, prêt à tirer.

CHAPITRE 10

Au moment même où Chris avait levé son bras pour faire feu, Stacy s'était jetée contre Aldego Vancho en poussant un cri de terreur. Elle avait attrapé d'un geste vif le poignet du Péruvien tenant tenant le couteau et l'avait forcé à plier le coude, plaçant le tranchant de la lame juste en dessous de sa propre gorge.

— Si tu le tues, je meurs aussi ! hurla Stacy, les yeux pleins de larmes.

Les puissants éclairages du FBI paraissaient bien moins aveuglants maintenant qu'ils s'y étaient tous habitués, mais la lumière qu'ils diffusaient n'avait rien de chaleureux. C'était une lueur blanchâtre, froide et terne. Son éclat découpait des ombres franches et nettes sur les pierres humides du souterrain de Triana, et l'obscurité semblait l'avaler aussitôt tant elle était dense et profonde.

Les quatre hommes de la brigade du FBI n'avaient pas bougé d'un cran. Ils observaient toujours l'altercation d'un œil placide, les yeux rivés sur Chris qui tenait en joue l'ancien policier. Stacy, crochée au bras du traducteur, tremblait de tous ses membres sous l'émotion et le geste qu'elle était prête à commettre. Aldego n'avait pas manifesté de résistance lorsqu'elle l'avait attrapé et s'était totalement laissé faire. Luis, le souffle coupé, supplia son amie :

— Stacy ! Non...

Chris observa silencieusement les deux amis échanger un regard déchirant, puis, sans retirer le doigt de la gâchette, il abaissa son arme.

— Tiens, tiens... fit-il, songeur. Voilà qui est intéressant...

Stacy le considéra d'un œil anxieux. Près de son cou, la dangereuse lame tremblait de façon incontrôlée, prête à entailler sa peau à la moindre détonation.

Et si tout ça ne servait à rien ? s'inquiéta-t-elle en voyant le regard avide de Chris.

Ce dernier se tenait fermement campé sur ses deux pieds, à environ trois mètres d'eux, parfaitement disposé à exécuter sa menace. Stacy connaissait bien son mari et savait qu'à aucun moment, il n'hésiterait à tirer. Mais elle-même aurait-elle le courage de se trancher la carotide au moment où Luis s'effondrerait ?

Sa gorge s'assécha.

— Ma propre femme... murmura Chris. Prête à se sacrifier pour sauver ce nègre...

Il secoua la tête, l'air déçu. Alors, Stacy sentit son corps redoubler de tremblements, et une immense bouffée de chaleur l'envahit jusqu'au sommet du crâne.

— Dès l'instant où tu m'as passé la bague au doigt, je n'étais plus ta femme ! s'écria-t-elle rageusement.

Elle éloigna d'un geste énergique le poignet du traducteur, passa son annulaire gauche dans sa main et en retira la fine alliance. Elle projeta sèchement l'anneau sur son mari qui resta parfaitement inerte devant cet accès de colère. Puis, elle s'écroula à genoux et pleura, le visage enveloppé dans les mains.

— Vraiment ? fit Chris, feignant d'être étonné. Voilà qui est bien dommage...

Là, il éclata de rire, un rire qui résonna dans toute la salle en un écho lugubre, et, l'instant d'après, il arborait l'air le plus sévère dont il était capable.

— Dommage pour toi, bien sûr. Je vais devoir te tuer aussi.

Il leva sans plus attendre son canon vers Luis, mais n'eut pas le temps de viser.

Pris de rage, Luis s'était rué sur le mari de Stacy, décidé à ne pas se laisser abattre sans agir. Chris lui donna un vigoureux coup d'épaule et l'envoya s'écraser au sol, deux mètres plus loin. Il y eut un choc violent, et Luis crut que son crâne explosait.

Tout devint noir autour de lui.

— Luis ! s'écria Stacy, affolée.

Elle bondit à son tour et se précipita vers son ami à terre. Luis l'entendit s'approcher et s'agenouiller vers lui, mais il ne la voyait pas. Il sentit tout à coup ses mains nerveuses se poser sur ses épaules et son souffle chaud glisser sur son cou.

— Luis ! répéta-t-elle, épouvantée.

Chris éclata de rire.

— Comme c'est touchant ! La petite conne qui pleure son vieux débris d'amant !

— Il n'est pas mon amant ! s'écria Stacy, les yeux remplis de larmes.

Elle secoua le corps de son ami, totalement paniquée.

— Luis !

Qu'est-ce que j'ai fait ? se reprocha-t-elle, le cœur à l'envers. *Qu'est-ce que j'ai fait !?*

Luis sentait des gouttelettes chaudes s'écraser sur son visage et, peu à peu, quelques formes sombres et indistinctes se dessinèrent devant lui. Une main chaleureuse lui caressait tendrement la joue, pleine de tristesse.

— Merde ! J'ai pas cogné assez fort... ricana Chris, à quelques pas d'eux. J'aurais adoré voir sa cervelle glisser sur ces vieilles dalles !

Et il éclata de rire.

— Chris ! s'exclama Stacy d'une voix stridente. Tu es... Tu es...

Elle s'écroula sur le corps allongé de Luis, incapable de lutter plus longtemps contre ses larmes.

Qu'est-ce que j'ai fait !

Un véritable tourbillon de rage et de souffrance s'agitait en elle, amer et ravageur. Au centre de la tempête, sa vie entière tournoyait, portée par ces émotions désastreuses.

— Qu'est-ce que j'ai fait ?!

Luis était revenu à lui et distinguait à présent son amie parcourue de puissants sanglots, pleurant de tout son être et de toute son âme sur son torse. Elle avait agrippé son polo entre ses doigts et le serrait fermement, crispée par son tourment. Il lui attrapa lentement la main et murmura en un souffle :

— Stacy, tu n'as rien fait.

Aussitôt, Stacy se redressa, plongeant son regard humide dans le sien. Elle le fixa intensément quelques secondes, puis posa une main tremblante sur la joue de Luis en plaçant son autre index devant sa propre bouche.

— Chhhht, fit-elle silencieusement.

Alors, elle se pencha doucement vers lui, et Chris, qui n'avait pas arrêté de rigoler jusqu'à maintenant, se figea en voyant Stacy coller ses lèvres sur celles de Luis. Son teint, d'abord blême, vira au rouge quand que sa femme releva la tête au-dessus du visage surpris de Luis.

— Stacy ?! fit Luis en ouvrant de grands yeux.

Mais il n'eut pas le temps de l'observer davantage. L'instant d'après, il entendit son amie hurler de douleur et l'aperçut s'écraser à terre, près de lui, projetée par un violent coup de pied que Chris lui avait envoyé.

— Je vais te montrer ce que tu mérites, salope !

Complètement enragé, il allait s'avancer vers elle pour la frapper à nouveau, mais Luis lui fit un crochet du pied. Chris perdit l'équilibre et parcourut quasi trois mètres, la tête la première, avant de retrouver sa stabilité. Il se retourna vers Luis, furieux.

— Tu vas voir, toi !

Mais Stacy s'était déjà relevée. Elle se tenait le bras gauche et, derrière sa grimace tourmentée, Luis lut une profonde détermination. Un air qu'il ne lui avait jamais vu.

— Non, Chris ! rugit-elle, les dents serrées. C'est toi qui vas voir ce qui arrive aux salauds comme toi qui ne respectent pas leur conjointe ! Tu vas payer pour tout ce que tu m'as fait depuis cinq ans !

Elle lui lança un regard noir.

Jamais son mari n'avait dû l'entendre s'adresser à lui ainsi, pourtant il ne semblait pas affecté le moins du monde. Au contraire, il paraissait amusé de cette situation et éclata de rire. Un rire diabolique, empreint d'orgueil et de froid. Stacy le considéra avec dégoût.

— Comment ai-je fait pour rester avec toi tout ce temps ?! dit-elle, la voix tremblante.

Chris reprit son sérieux.

— Et maintenant ? dit-il, euphorique. Tu vas faire quoi ? Me frapper avec ton bras cassé ?

Il pouffa de rire.

— Tu crois vraiment que tu peux gagner contre moi ? Tu crois que tu peux aller contre ma volonté ?!

Il se dirigea vers Aldego Vancho qui était resté près du wagonnet en bois, muet comme une tombe. Le Péruvien recula d'un pas à son approche et se heurta contre le vieux chariot. Il observa rapidement cet obstacle, puis fit à nouveau face au commandant du FBI qui, à moins d'un mètre de lui, le jaugeait d'un air dédaigneux. La terreur se lisait sur son visage.

Chris s'adressa encore à sa femme :

— Tu crois pouvoir gagner contre le FBI ?!

À ce moment, il attrapa le traducteur par la nuque et le tira d'un coup en avant. Pris de court, Aldego s'effondra face contre terre et, l'instant d'après, l'agent fédéral lui donna un puissant coup de crosse derrière la tête qui lui fit perdre connaissance. Alors il se retourna et fit signe à ses collègues près de l'entrée de s'avancer au centre de la salle. Couvert par ses hommes, il rengaina son arme et se hissa sur le vieux chariot, reprenant sa posture théâtrale.

— Regarde-nous ! s'exclama-t-il en désignant fièrement ses quatre coéquipiers à ses pieds.

Ceux-ci s'étaient déployés en rempart entre le wagonnet et les deux Américains. Entre-temps, Luis avait complètement repris ses esprits et s'était relevé près de Stacy, frottant l'arrière de son crâne de la main.

La sortie est libre, songea Luis en voyant la lumière des torches éclairer le tas d'ossements, au creux du puits d'entrée.

En moins de cinq secondes, ils pouvaient atteindre l'escalier en courant, mais son regard fut rapidement attiré par les reflets que renvoyaient les fusils semi-automatiques du FBI.

On n'aura pas fait deux pas qu'ils auront ouvert le feu... Et impossible de courir dans cet escalier glissant !

— Regarde-nous ! répéta Chris, plein de vanité. On a ici de quoi tuer autant de gens qu'il y a de squelettes, là-bas !

— Et alors ?! répliqua froidement Luis en passant un bras derrière l'épaule de Stacy.

Celle-ci avait perdu la détermination qui l'avait animée un instant plus tôt. Ses yeux larmoyants suppliaient Chris de se calmer, mais Luis n'était pas décidé à céder face à lui.

— L'espoir fait vivre ! reprit-il. C'est grâce à ça que je suis arrivé où j'en suis maintenant ! Si je n'avais pas gardé la tête haute en prison, jamais je n'aurais réussi à m'en sortir !

— Vraiment ? s'étonna faussement Chris.

Un sourire vicieux se dessina sur ses lèvres.

— Je crois qu'il est temps pour moi de vous raconter la véritable histoire de Luis Kamau ! Je suis surpris que ton père ne t'en ait jamais parlé, Stacy...

La véritable histoire ? s'interrogea Luis.

Il échangea un regard avec son amie, mais elle ne comprenait pas plus que lui ce que son mari insinuait.

— Personne ne connaît mon histoire mieux que moi-même ! cria Luis, consterné.

— Je ne crois pas.

Son ton se voulait intentionnellement provocateur.

— Tout remonte à très loin, alors même que tu n'avais qu'une douzaine d'années. Cette année-là, le petit Luis débarque du Kenya avec ses parents, tout aussi blacks que lui. Je sais pas comment ils ont fait, mais ces enfoirés ont réussi à décrocher un boulot dans un secteur plutôt sensible pour la sécurité de notre pays : les archives.

Chris adoptait volontairement un ton condescendant : il prenait un immense plaisir à voir Luis enrager.

— Mes parents n'étaient pas des enfoirés ! rugit-il.

— Évidemment, c'était une erreur, poursuivit Chris sans prêter attention à son intervention. Une année plus tard, tous les deux étaient soupçonnés de trahison pour avoir divulgué des données importantes à des organismes tiers.

— C'est faux ! protesta Luis, les poings serrés. Toutes ces histoires sont fausses !

Chris haussa les épaules.

— En tout cas, l'enquête s'est soldée par une double accusation et les deux scélérats ont aussitôt été licenciés. Si j'étais le responsable, je les aurais tout de suite foutus en prison !

Tremblant de rage, Luis assistait au résumé de son passé, impuissant face aux quatre agents armés.

— Par crainte que les deux nègres ne dévoilent d'autres informations importantes, le FBI a immédiatement été contacté pour effectuer un « nettoyage » et, le lendemain, les parents de Luis sont mystérieusement retrouvés morts chez eux par la police municipale.

À ces mots, Luis ressentit une profonde douleur dans son cœur, comme si une épaisse pointe de fer chauffée à blanc s'y enfonçait

177

sans pitié.

— Pas la peine de lui faire revivre tout ça ! s'étrangla Stacy en lisant la tristesse dans les yeux de son ami. Il sait très bien ce qu'il s'est passé, et moi aussi !

— Sans blague ? fit Chris, railleur. Tu connais aussi le rôle de George dans cette affaire ?

Stacy se figea sur place.

Qu'est-ce que mon père a à voir avec ça ?

Une impression désagréable la saisit soudainement alors qu'elle sentait Luis se perdre dans des souvenirs lointains, abattu.

Chris ricana.

— Et bien... On dirait que non ?

Une grosse boule se forma dans le ventre de Stacy, et elle eut une immense peine à déglutir.

— Arrête avec tes conneries ! s'écria-t-elle, la voix cassée.

Chris se donna un air pensif.

— Alors... Comment expliquer ?

Il fit mine de chercher ses mots, une cruelle lueur dans les yeux. Pendant ce temps, Stacy l'observait, troublée.

— Comment lui annoncer que mon beau-père est l'assassin des parents de ce cafard ?

Stacy crut ramasser un énorme rocher au creux du ventre. Elle ouvrit la bouche comme pour crier, mais aucun son n'en sortit. Son regard s'était figé alors que, dans sa tête, les paroles de Chris se répercutaient en un effroyable écho.

Mon beau-père est l'assassin...

Son visage perdit toutes les couleurs qui étaient apparues sous la colère et devint rapidement blanc, livide, alors qu'en elle, Stacy sentait sa vie se briser en mille morceaux. Chris éclata de rire, se délectant de la voir se décomposer ainsi.

— Mon père... sanglota-t-elle d'une toute petite voix. Luis...

Bien que remué par ses propres souvenirs, ce dernier avait tout entendu, aussi passa-t-il ses bras derrière son amie et la serra-t-il contre lui.

— Ne l'écoute pas, il dit n'importe quoi !
— N'importe quoi ? répéta Chris du haut de son piédestal. Je ne crois pas ! C'est à cause de George si t'as rejoint la racaille à traîner dans les rues et à faire de la merde !
— C'est grâce à lui que je suis devenu policier ! rétorqua Luis.
— Non… C'est vrai ? s'étonna l'agent d'une voix plus que mielleuse. Je ne savais pas…

Sa comédie irritait Luis au plus haut point : une colère démesurée bouillonnait en lui, mais il s'efforçait de garder son calme. Devant eux, les quatre sbires n'avaient qu'un geste à faire pour leur ôter la vie…

Stacy a besoin de moi, maintenant plus que jamais !
— Je suis désolée, Luis… gémit-elle, en pleurant. Désolée…
— Tu ne t'es donc jamais demandé pourquoi George Cooper t'as aidé à t'en sortir ? reprit Chris à l'attention de Luis.

Il ne répondit pas, caressant l'arrière du crâne de Stacy qui, tête appuyée contre son épaule, se vidait de ses larmes, le cœur en miettes.

— George était l'ami du commissaire et travaillait étroitement avec lui. Il l'accompagnait souvent durant ses déplacements et, chaque fois qu'il voyait ta sale tronche de black derrière les barreaux, il se donnait tellement mauvaise conscience… Cet imbécile a réussi à te faire libérer. Sans lui, tu serais toujours à moisir avec la vermine de New York !
— Tu mens ! s'écria Stacy, en se retournant vers lui, les yeux rougis. Mon père l'a libéré parce que je lui l'ai demandé ! Il savait que j'aimais Luis !

Elle fixa farouchement son mari, puis baissa le regard.
— Il l'a fait par amour pour sa fille… ajouta-t-elle à voix basse.
— Par amour pour toi ? répéta Chris, faussement troublé. Tu te souviens que c'est George qui m'a présenté à toi plus tard ?!

— Évidemment ! maugréa-t-elle entre deux sanglots. Et il s'est bien trompé sur ton compte !

— Ça, c'est sûr ! s'exclama-t-il fièrement en bombant le torse. Tu n'as même pas idée !

Là-dessus, il éclata de rire, un rire qui s'éternisa dans la salle, répercuté par le vaste espace vide qui le rendait encore plus ténébreux. Stacy et Luis l'observèrent, à la fois inquiets et dégoûtés.

— Sais-tu au moins pourquoi ton père voulait te marier à moi, avant de prétendre que c'était par amour ?

Stacy avait en effet toujours trouvé étrange l'insistance de George pour attirer son attention sur Chris, mais elle avait longtemps pensé qu'il craignait de la voir prendre de l'âge sans mari. À présent, elle n'en était plus aussi sûre…

Stacy secoua lentement la tête, et un petit rictus amusé se dessina sur la visage de Chris.

— Pauvre conne ! Ton père n'était qu'un égoïste ! Tout ce qu'il entreprenait ne servait qu'à répondre à ses propres intérêts.

— Je ne te permets pas de parler comme ça de lui !

Elle semblait avoir retrouvé une pointe de courage et démontrait à nouveau une puissance rage contre l'homme avec lequel elle avait perdu cinq années de sa vie.

— Je me fiche de ta permission. Mais bon, puisque tu ne me crois pas, je vais tout raconter. J'ignorais qu'il y avait autant de secrets dans cette famille !

Luis sentit sa patience atteindre la limite. Il devait trouver une solution, mettre fin à tout ça.

Que font donc Eddy et le prêtre ? se demanda-t-il pour la énième fois.

Malheureusement, il n'osait pas lever les yeux pour tenter d'apercevoir son ami dissimulé quelque part dans les hauteurs de cette salle. Le moindre mouvement suspect de sa part pouvait alerter les agents et leur donner un indice univoque.

Pourvu qu'ils restent cachés…

— Chris, je ne sais pas à quoi tu joues, tempêta Luis en pointant son index en avant, mais toutes tes histoires sont des conneries !

— Oh non ! répliqua celui-ci d'un ton très calme. Je te rappelle que je suis responsable de l'enquête qui est menée sur toi en ce moment et que j'ai donc eu accès à l'ensemble des affaires judiciaires qui te concernent. Tout y est inscrit noir sur blanc ! En revanche, ce que je vais vous annoncer maintenant sur George Cooper n'est écrit nulle part ailleurs que dans ma mémoire...

Il lui laissa le temps d'admettre cette réalité, puis reprit avec le même ton détaché qu'avant.

— Stacy, ton père travaillait au FBI, comme moi. Un jour, son chef lui a proposé une mutation dans le secteur que je dirigeais alors. Il l'a acceptée, mais d'autres personnes étaient sur le coup. À mes yeux, il paraissait adéquat pour le poste, mais il avait également quelques antécédents qui auraient pu jouer contre lui.

Écoutant d'une oreille ce que Chris racontait, Luis observa le reste de la salle, à la recherche d'une issue potentielle. L'incroyable lumière projetée par les agents du FBI révélait les moindres détails du vieux mur en pierre, mais les uniques échappatoires semblaient être le puits d'où ils étaient arrivés et cet escalier, là où Eddy et le prêtre s'étaient réfugiés. Rien dans cette salle ne pouvait leur servir d'arme ou de bouclier, et seuls leurs sacs reposaient sur les dalles humides, près du wagonnet de bois. À un mètre de là se trouvait encore le cierge que Luis avait déposé peu avant qu'Aldego ne les surprenne.

Chris poursuivait son récit.

— Je savais que George avait une fille qui avait plus ou moins mon âge et je lui ai donc proposé mon aide, à condition qu'il me l'offre. Il a immédiatement accepté, et j'ai tenu parole. Ton père a obtenu sa mutation et est venu bosser sous mes ordres. Je dois d'ailleurs reconnaître qu'il était un homme efficace et consciencieux.

Le mari de Stacy prenait un malin plaisir à raconter ses histoires, s'émerveillant devant la peine qu'elles procuraient à sa femme : de grosses larmes lui coulaient déjà sur les joues.

Mais ce n'était pas fini…

Peu à peu, Luis sentit l'espoir s'amenuiser en lui. Il savait que Chris les éliminerait tôt ou tard, tout n'était plus qu'une question de temps. Et rien ne semblait pouvoir leur venir en aide.

— Pauvre idiote ! George ne t'a pas marié par amour, il l'a fait pour lui uniquement !

Le cœur gros comme une montagne, Stacy aurait voulu disparaître de cet endroit. Disparaître du monde. Son père avait tué les parents de Luis. Il l'avait mariée au plus sale type qui eût pu exister, et maintenant, c'était par sa propre faute qu'ils allaient mourir tous les deux !

Accrochée à l'épaule de Luis, elle pleurait bruyamment, le corps parcouru de violents soubresauts.

Tout est de ma faute…

Chris rigola sauvagement.

— Mais bon ! Puisque l'heure est aux aveux, autant aller jusqu'au bout !

Une étrange lueur glissa dans son regard, il était de toute évidence excité par son récit ravageur. Luis n'avait d'autre choix que d'écouter, immobile, en tentant d'apaiser Stacy.

Au moins, ça nous fait gagner du temps… se consola-t-il.

— Trois ans plus tard, un nouveau poste s'est libéré. Une véritable perle : mieux payé encore, des conditions excellentes… Une occasion à ne pas manquer ! C'est donc tout naturellement que je dépose ma candidature, mais il se trouve que mon plus sérieux rival se révéla être ton père, lui aussi très intéressé.

Il marqua une courte pause.

— Mon beau-père. Et il se donnait tous les moyens pour obtenir la promotion !

Luis sentit à ce moment son estomac se contracter. Un étrange pressentiment l'avait tout à coup saisi.

— Évidemment, je ne pouvais pas rater ce poste, et comme George semblait l'emporter, je lui ai gentiment dit de sortir de la course. Je lui ai rappelé l'accord que nous avions passé lorsque je l'avais aidé à décrocher sa première promotion, mais il n'a pas suivi mon conseil. Je devais donc aller plus loin.

Chris laissa à nouveau planer quelques secondes de silence, marqué par les pleurs de Stacy qui résonnait contre les murs. Son regard se promena dans la salle, lançant des éclairs de malveillance. Alors, il fixa sa femme et lui offrit son plus cruel sourire.

— Et je l'ai donc abattu.

Cette fois, Luis crut bien que son cœur s'arrêtait. Les jambes de Stacy défaillirent suite à ces mots et elle s'effondra à terre, brisée par cet homme qui avait apporté tant de malheur dans sa vie. Elle se mit à crier, à pleurer de tout son être, et Luis s'accroupit près d'elle pour tenter de la consoler.

Mais elle le repoussa.

Parcourue de brusques tremblements, Stacy se débattait au sol en hurlant. Des cris de peine déchirants qui auraient glacé le sang de n'importe qui, alors que ces horribles paroles résonnaient encore dans sa tête.

Et je l'ai donc abattu.

Impuissant, Luis la regarda se recroqueviller sur elle-même, secouée de partout, plongée dans un véritable tourbillon d'émotions qui la submergeait de larmes. Chris, à quelques mètres d'eux, se délectait de cette scène affreuse en éclatant d'un rire sauvage.

Un rire bestial.

Crispé de tous ses membres, Luis se redressa d'un coup et toisa son adversaire d'un regard empli de haine.

— Espèce de…

Le dernier aveu de Chris avait été celui de trop. Aveuglé par sa rage, Luis ne contrôlait plus ses gestes et avait perdu toute rationalité. Chris était abominable, il n'avait rien d'humain en lui.

Une telle personne ne mérite pas de vivre !

Luis se rua en moins d'une seconde vers le vieux wagon de bois, décidé à faire payer à cet homme tous les crimes qu'il avait commis. Il fut brutalement arrêté par un puissant coup de crosse en pleine poitrine, porté par l'un des gardes en faction. Luis sentit son souffle se couper, mais l'homme ne lui laissa pas le temps de s'en remettre et lui envoya un violent coup de pied au creux du ventre, faisant monter en lui une soudaine envie de vomir. Il s'écrasa à terre, plié en deux, et l'agent commença à le rouer de coups. Son corps entier s'enflamma, frappe après frappe, et chaque nouvel impact semblait plus vigoureux que le précédent. Au loin, il entendait Chris encourager son adjoint dans une hilarité démentielle et, très vite, il sentit du sang lui couler sur le visage. Hurlant de toutes ses forces sous ce supplice, Luis été incapable d'estimer le temps de son calvaire et fut peu à peu emporté par la souffrance.

— Super ! s'écria Chris d'une voix joyeuse. Laisse-moi le finir maintenant, Mitch !

Luis, à demi inconscient, remarqua lorsque les coups cessèrent, mais les violentes douleurs qui lui déchiraient le corps le paralysaient totalement. Un rideau blanc s'était abattu sur son regard qui s'était vidé de toute émotion, et il ne percevait plus que les voix des agents, lointaines et vaporeuses. L'univers entier semblait vaciller autour de lui.

Lentement, son cerveau s'embrumait dans une lourde narcose de souffrance. Bientôt, il sera loin.

Loin de ce supplice sans nom.

— Tu peux gueuler tout ce que tu veux, personne ne t'entendra ! railla Chris, l'air réjoui. Maintenant, vous allez tous les deux crever comme de misérables rats au fond de leur trou !

Il entendit un puissant éclat de rire et, dans un ultime effort de conscience, Luis discerna quatre silhouettes sombres se presser autour du chariot, tout près de Chris. Celui-ci leva alors lentement ses bras devant lui.

— Adieu, petites merdes !

L'écho de ces mots ne s'était pas même évanoui qu'une immense détonation explosa dans la salle. Luis sentit ses tympans éclater sous le bruit assourdissant, puis les ombres menaçantes s'estompèrent.

En fait, tout avait disparu.

Les yeux de Luis s'étaient clos.

CHAPITRE 11

La voix lointaine qui l'appelait ne cessait de répéter son nom, semblable à un interminable écho.
— Luis ! Luis !
Que lui voulait-on ? Qui osait le déranger, lui qui avait enfin trouvé le calme et l'apaisement ?
Pour rien au monde, il ne souhaitait quitter cet endroit, bercé par une légèreté surnaturelle. Tout était paisible autour de lui. Tout n'était qu'éclat et blancheur. Les insoutenables douleurs qu'il avait subies jusqu'alors s'étaient effacées, et il avait maintenant l'impression de voler.
Mais cette voix qui lui martelait les tympans freinait cette enivrante ascension.
— Luis !
Chaque fois que résonnait son prénom, c'était comme si un immense poids s'accrochait à ses pieds, tirant tous ses membres vers le bas. La tension se faisait de plus en plus forte, comme si ses jambes allaient se séparer de son corps d'un instant à l'autre.
— Luis !

Et la voix se faisait insistante…

Laissez-moi partir !

Il avait crié pour qu'on le laisse tranquille, pour qu'on le laisse s'envoler librement vers cette lumière si douce, si gracieuse.

Mais la voix criait plus fort encore.

— Luis ! Luis !

Des mains invisibles avaient attrapé ses épaules et le retenaient. Fortes. Vigoureuses. La voix, puissante, résonnait dans sa tête comme un marteau battant le fer rouge sur une enclume.

Lâchez-moi !

Il commença à gesticuler et agrippa ses propres clavicules, décidé à forcer ces doigts impalpables à desserrer leur étreinte.

— Luis !

Il protesta encore et se débattit à la manière d'un forcené, agitant l'air de ses bras solides. Mais rien ne semblait pouvoir atténuer la force qui animait ces robustes doigts insaisissables. Alors qu'il se démenait, l'Américain sentit ses membres s'enflammer, comme envenimés par cet être qui ne le lâchait plus, ces poignes qui lui brisaient les os.

Laissez-moi partir !

Luis lutta, lutta encore.

Mais cette voix déchaînée lui explosait le crâne. Bientôt, c'était toutes ses chairs qui prenaient feu et brûlaient sous l'atroce douleur qui le rongeait jusqu'aux entrailles. Lentement, ses forces l'abandonnèrent et, d'un coup, son corps entier se relâcha et se laissa emporter par ces mains, incapable d'affronter plus longtemps ce redoutable adversaire. Il se figea soudainement, trop épuisé pour résister encore à ce colosse fantomatique. Tous ses membres se raidirent sous cette puissance invisible, envoyant de violentes et insupportables lancées tandis qu'il restait étendu de tout son long durant d'interminables minutes.

— Luis !

Ces appels n'avaient pas cessé, mais ils s'étaient nettement rapprochés. Il sentait à présent quelque chose de dur et froid sous son corps, quelque chose de très inconfortable en réalité. Peu à peu, d'autres bruits lui parvinrent et il perçut des mouvements autour de lui. Alors, Luis ouvrit lentement les paupières, s'attendant presque à découvrir un véritable géant auprès de lui.

Le visage mince et ensanglanté d'un homme se découpa dans la pénombre au-dessus de lui. Parfaitement immobile, la grande silhouette tenait fermement ses épaules et l'observait de ses iris marron, un triste sourire caché sous une fine et élégante moustache.

— Ed... murmura Luis en refermant les yeux, la respiration saccadée.

— C'est moi, mon vieux. Tout va bien.

Épuisé par sa lutte infernale, Luis sentait de puissants assauts lui traverser le corps d'un bout à l'autre et resta encore deux minutes couché ainsi, les yeux clos, repensant à l'horreur qu'il venait de vivre.

Que s'est-il passé ? se demanda-t-il en entendant à nouveau l'abominable rire de Chris.

Il tenta difficilement de se remémorer les événements, mais les violentes lancées dans ses membres lui arrachaient d'affreuses grimaces de souffrance, l'empêchant de se concentrer sur ses souvenirs. La dernière chose dont il se rappelait était cette terrible révélation : *Et je l'ai donc abattu...*

— Luis !

Le New-Yorkais rouvrit les yeux et eut tout juste le temps d'apercevoir une masse de cheveux plonger sur lui. En un rien de temps, elle s'était assise à sa gauche et s'était étalée sur son torse. Il sentit les formes de son corps se presser contre lui, mais cette pression n'avait rien à voir avec celle qu'il avait subie peu avant sous la force invisible qui l'avait ramené à lui. Leur visage étaient si près l'un de l'autre que seule une dizaine de centimètres devait les séparer.

— J'ai eu tellement peur... souffla-t-elle d'un murmure à peine perceptible, des larmes plein les yeux.

Elle s'approcha encore et il sentit les lèvres de son amie se poser sur les siennes, sèches et ensanglantées. L'air chaud de sa respiration lui caressa la peau tel un baume sur ses contusions, et Luis ferma les yeux. Le temps s'était arrêté, et il glissa une main sous ses longs cheveux, savourant la délectable pression qui s'exerçait sur sa bouche. Lentement, il sentit la langue ardente de Stacy déverser son allégresse en lui alors que, d'un geste tendre, il fit passer les fines mèches de sa chevelure ondulante entre ses doigts.

Quand Stacy se redressa, Luis ouvrit les yeux et les plongea dans les pupilles de son amie, pleines d'affection et d'envie. Il contempla un moment ce visage rayonnant, laissant la main valide de Stacy lui caresser délicatement la joue.

— Luis, tu es tout pour moi, lui glissa-t-elle tout doucement, le regard pétillant.

Il l'observa intensément, envahi d'une émotion trop longtemps contenue en lui.

— Je sais, Stacy, dit-il en lui souriant. Et je t'aime.

Ils restèrent ainsi tous les deux pendant quelques minutes : lui étendu au sol, le dos collé contre la pierre froide, elle à moitié couchée contre lui, à sa gauche. Un étrange silence avait pris place dans la salle souterraine, comme rattaché à leur regard qui, de seconde en seconde, semblait renforcer le lien qui les unissait étroitement.

Tout à coup, quelqu'un se racla la gorge et tous deux se retournèrent aussitôt. Eddy, qui s'était légèrement reculé lorsque Stacy avait accouru, les observait innocemment, l'air un peu gêné.

— Je... fit-il, hésitant. Ton pote anglais est un génie, Luis. Je...

Il chercha ses mots, puis secoua la tête.

— Toujours avoir un couteau sur soi !

Eddy tâta le sol humide et tendit à Luis l'objet qu'il avait ramassé. Ce dernier sentit son cœur faire un bond. Dans sa main, une grande lame logée dans un manche en bois renvoyait la puissante lumière d'un éclairage artificiel.

Le couteau du traducteur !

Il se remémora à cet instant tout ce qu'ils venaient de traverser. Il se revit à la merci d'Aldego Vancho, la solide lame d'acier coincée sous la gorge. Il revit la brigade faire irruption dans la salle sombre et Chris s'avancer dans son arrogance théâtrale. Il revit Chris frapper Stacy, puis le frapper lui.

Eddy l'interrompit dans ses pensées et attira son attention sur l'espace qui se prolongeait à ses pieds. Stacy s'écarta de lui et il releva les épaules pour regarder en avant. Une violente douleur irradia tout le haut de son corps, mais il se força à l'ignorer pour observer la curieuse scène qui se présenta à lui.

Éclairé par la blancheur des LED, le vieux wagonnet de bois avait disparu du centre de la salle. À la place se trouvait un tas de planches brisées, et six corps reposaient devant, tous dénudés de pantalon. Les six hommes étaient tous inconscients et Luis remarqua de vigoureux nœuds autour de leurs chevilles et poignets, confectionnés avec leurs propres vêtements. Le cierge que Luis avait déposé au sol à leur arrivée brillait toujours d'une lueur tremblotante un peu plus loin, mais un deuxième s'était joint à lui. Ces deux sources de lumière paraissaient maintenant bien dérisoires face aux lampes tactiques du FBI qu'ils avaient pu récupérer.

— Merci, Jim, fit alors Eddy, le tirant en même temps de sa contemplation.

Luis comprit à ces mots que le couteau tenu par Eddy n'était pas celui d'Aldego Vancho, mais bien celui que l'Anglais lui avait offert à Paris, à la sortie de l'avion.

Incroyable !

Toute l'angoisse qu'il avait accumulée s'estompa à cet instant et Luis laissa retomber ses épaules contre le sol en éclatant de rire, soudain empli d'une immense joie. Lorsqu'il eut repris son sérieux, il tendit sa main en l'air et s'exclama :

— Bien joué, Eddy !

Celui-ci s'approcha et répondit à son check, un large sourire sur le visage.

— Il n'était pas seul, précisa Stacy d'un ton calme en se relevant, faisant place au prêtre sévillan qui s'avança alors vers lui.

L'Américain lui adressa un regard reconnaissant.

— Merci, mon Père. Merci à vous deux.

L'Espagnol le considérait du haut de ses deux mètres et, depuis le sol, Luis avait le sentiment qu'il lui suffisait de tendre les bras pour pouvoir toucher la voûte de la salle. En vérité, un air ennuyé se lisait sur son visage et lui conférait une allure nettement moins impressionnante.

— Monsieur Luis, je crois que je vous dois des excuses. Je me suis trompé sur vous et vos amis.

Luis discernait maintenant de la peine dans son regard, mais à aucun moment il ne se serait permis de lui reprocher quoi que ce soit. Il se redressa, serrant les dents pour lutter contre les violentes contusions que Mitch lui avait faites. Aussitôt, il sentit sa tête vaciller, sous de puissantes lancées, mais il s'efforça de se concentrer sur le révérend qui s'accroupit à son tour près de lui.

— Vous ne faisiez que votre devoir, mon Père.

— Exactement, reconnut Stacy. Et si nous n'étions pas aussi déterminés, je pense que vous auriez réussi à nous dissuader.

Elle lui adressa un large sourire, et Luis comprit à ce moment que son amie avait déjà présenté des excuses au prêtre pour ses réactions, plus tôt dans l'église.

Luis récupéra le couteau de Jim que lui tendait Eddy, puis demanda :

— Comment avez-vous fait pour les maîtriser ?

Il désigna d'un mouvement de tête les six corps qui gisaient à quelques mètres d'eux, immobiles.

— Tu te rappelles l'ascenseur en haut du puits ? répondit Eddy.

Luis acquiesça.

— Il y en a un ici aussi.

Luis se souvint qu'il avait lui-même imaginé la présence d'une installation similaire dans cette salle et qu'il s'apprêtait à le vérifier au moment où Aldego s'était jeté sur lui. Ensuite, tout s'était enchaîné.

— Quand Aldego est arrivé, nous nous sommes cachés en haut des escaliers comme tu nous l'avais indiqué. J'étais inquiet, on ne voyait rien de ce qui se passait. Seule ta bougie éclairait là en bas, quasi impossible de distinguer quoi que ce soit. Je ne savais pas quoi faire...

Luis sentit dans sa voix l'angoisse qui avait dû l'animer lors de ces événements. Il imagina son ami impuissant dans cet antre sombre en train d'écouter la folie du Péruvien pendant que lui-même était tenu en joue sous le tranchant d'un poignard.

— On ne pouvait pas bouger, on osait à peine se parler...

Il échangea un regard avec le prêtre qui compléta :

— C'était horrible. Au moindre mouvement, nous risquions de faire un bruit qui aurait alerté cet homme.

— Ensuite, reprit Eddy, Chris est arrivé. Grâce à leurs lampes, on voyait enfin quelque chose. Je me suis dit que c'était peut-être l'occasion pour vous de vous en sortir, mais au bout d'un moment, il est devenu trop menaçant. Je ne pouvais plus rester immobile sans rien tenter.

Il lança un regard en coin aux six corps entassés près des débris du wagonnet.

— Heureusement, cet abruti gueule tellement fort qu'il n'a rien entendu. On s'est levé tous les deux et on est parti à la recherche d'un truc qui pouvait nous servir d'arme.

Luis observa d'un air étonné le prêtre qui hocha la tête.

— Parfois, la force peut s'avérer être l'œuvre de la main de Dieu, expliqua-t-il. J'ai compris que ces hommes étaient mauvais...

Il jeta à son tour un coup d'œil aux agents du FBI et au traducteur, toujours inanimés.

— Surtout ce Chris, là... Je ne pouvais pas le laisser faire.

Eddy poursuivit.

— On a longtemps cherché de quoi nous défendre, mais cette salle est aussi vide qu'un estomac de crocodile entre deux repas. J'étais terrifié à l'idée de faire le moindre bruit qui eût pu détourner leur attention !

Luis sourit.

— Aucun risque. Cet enfoiré était tellement enragé qu'il n'aurait même pas remarqué un tremblement de terre !

— Possible. En tout cas, la structure de l'ascenseur avait l'air assez solide, et on a décidé de s'en servir pour distraire les agents. Malheureusement, ça a dégénéré plus vite que prévu, et on n'a pas eu le temps de réaliser notre plan. Chris a très vite pris le dessus.

Très vite ?

Luis avait eu l'impression que des heures s'étaient écoulées lors de sa confrontation avec Chris. De fait, depuis quand était-il lui-même allongé sur ces dalles froides, ravagé par les douleurs que Mitch lui avait infligées ?

— Nos cerveaux tournaient à deux-cents à l'heure, reprit Eddy, mais on n'arrivait pas à trouver d'autres solutions pour vous venir en aide. Et ces quatre zouaves avec leur fusil nous auraient immédiatement descendus si on avait tenté quoi que ce soit !

Il se tourna vers les hommes en question pour s'assurer qu'ils étaient toujours sans connaissance.

— Et puis, à un moment, tous ces cons sont montés sur ce vieux char. J'ai tout de suite eu une idée incroyable, ils étaient tous en dessous de l'ascenseur ! J'ai dit au prêtre de grimper sur le plateau le plus discrètement possible et, en espérant que le cordage tienne le coup, je suis monté moi aussi. Tout a abominablement craqué, mais nous y étions !

Luis commençait à comprendre ce qu'il s'était passé, et réalisa la chance qu'ils avaient tous eue.

— C'était très risqué quand même, releva-t-il en haussant les sourcils.

— Oui, mais on n'avait plus le choix. C'était une question de secondes, Chris allait vous abattre d'un instant à l'autre.

Luis n'avait plus aucun souvenir de ces moments, il savait seulement qu'il avait horriblement souffert. Et qu'il souffrait maintenant encore...

— Alors, reprit Eddy, j'ai sorti le couteau que tu m'avais passé dans la chapelle, et j'ai tranché la corde !

L'instant d'après, le regard de Luis se fit pensif. Comment le hasard pouvait-il faire aussi bien les choses ?

T'en auras besoin, avait dit Jim en lui tendant le zippo et le couteau.

L'Américain baissa les yeux vers la lame acérée qu'il tenait par le manche.

Ce type est incroyable... songea-t-il alors. *Il vient de nous sauver la vie...*

— T'aurais dû voir le merdier ! s'exclama soudainement Eddy en le faisant sursauter. Je sais pas combien de kilos ils se sont ramassés sur la tronche, mais ils étaient sacrément sonnés en tout cas ! Y'en a juste un ou deux qu'on a dû achever à coup de planches !

Eddy semblait presque heureux de raconter cela, comme s'il avait éprouvé un immense plaisir à le faire. Mais, au vu des événements, Luis partageait son euphorie.

— Vous êtes incroyables !

Eddy rigola un court instant, puis prit tout à coup un air sombre.

— Stacy était dévastée...

Luis sentit son estomac se serrer. Il leva des yeux inquiets vers son amie et réalisa seulement à ce moment que son bras gauche était en écharpe. Elle secoua doucement la tête et lui répondit par un sourire.

— On a vite ficelé cette bande de saucissons comme il se doit, et le prêtre s'est occupé de Stacy pendant que j'essayais de te ranimer.

Me ranimer ?

— Un instant, j'ai cru que t'étais mort, qu'on était arrivé trop tard...

Sa voix avait légèrement tressailli à ces mots, et Luis regarda à nouveau les agents de FBI neutralisés.

— Ils se sont pas réveillés ?

Eddy haussa les épaules.

— Ces planches sont encore assez solides pour supporter quelques coups.

Il rigola et s'empressa d'ajouter :

— Faut que tu viennes voir !

Eddy et le prêtre se relevèrent, et Luis en fit de même. Une sévère grimace déchira son visage lorsque les flammes brûlantes se rallumèrent dans son corps en incendiant ses muscles.

— Ça va aller ?

Luis acquiesça en respirant bruyamment, fermant les yeux pour oublier sa peine. Peu après, il réussit à marcher d'une démarche très maladroite, donnant toute son énergie pour garder l'équilibre.

— Tu verras, ça a vraiment l'air dingue ! J'en ai vu qu'une petite partie, mais c'est déjà énorme !

Eddy sortit alors de sa poche arrière un Glock 22 similaire à celui que Chris avait pointé sur Luis.

— J'ai caché les fusils des agents, lui dit Eddy en lui tendant le pistolet. Ils avaient d'autres armes encore, prends celle-ci au cas où.

Luis la rangea dans son jean et le groupe se mit en mouvement en direction de l'escalier où s'étaient réfugiés plus tôt le prêtre et Eddy. Luttant avec grande peine contre ces braises ardentes qui le rongeaient de partout, Luis découvrit l'étage supérieur de la salle.

Une corniche d'environ un mètre cinquante de large courait sur tout son périmètre et, ici aussi, deux épaisses poutres traversaient le vide de part et d'autre, trois mètres au-dessus. Un système de poulies laissait pendre les restes de vieux cordages qui tombaient vers le centre de la pièce.

C'est exactement la même installation que dans le grand puits, songea Luis en admirant l'endroit où était encore suspendu moins d'une heure plus tôt l'antique plateau de bois âgé de près de cinq-cents ans.

— C'est par là-bas, dit alors Eddy.

Luis tourna la tête. Légèrement décalée sur la droite par rapport à l'arrivée de l'escalier, une niche sombre d'environ trois mètres de large se découpait dans le mur. À deux pas de là, deux poutres avaient été jetées en travers du vide au niveau de la corniche et surplombaient la salle où les six corps de leurs agresseurs reposaient, inertes.

Le regard de Luis s'attarda sur les épais madriers.

— Attends... fit-il, surpris. Vous avez marché là-dessus pour atteindre l'ancien élévateur ?

Les deux morceaux de bois étaient bien séparés de deux mètres au moins. Entre deux, c'était le vide vers les dalles sombres et humides du sol, un peu moins de dix mètres en dessous.

— C'était la seule solution, répondit-il. Y avait des planches qui formaient une passerelle, mais on les a enlevées pour alourdir le monte-charge.

— Vous les avez...

Luis n'arrivait pas à croire ce qu'il entendait. Pour les sauver, Eddy et le prêtre s'étaient vraiment surpassés ! Ahuri, il examina encore le maigre pont sur lequel les deux hommes avaient marché en équilibre alors que, dessous, cinq gaillards du FBI s'apprêtaient à les assassiner, Stacy et lui.

— Viens ! s'empressa Eddy. C'est juste là !

Son ami avait rejoint Stacy et le prêtre près de la niche et Luis se pressa sur leurs talons. Tout à coup, il réalisa ce qui se passait. Son cœur s'accéléra, gonflé d'excitation.

L'or d'Atahualpa !

Avec tout ce qui leur était arrivé, Luis avait oublié la raison même pourquoi ils se trouvaient ici, à Séville, au fond d'un vieux souterrain humide sous l'Église Saint-Anne ! Mais tout lui était revenu en une seconde et, déjà, il vit briller des reflets dorés à l'intérieur de l'alcôve. Instinctivement, un sourire se dessina sur son visage.

Nous avons réussi !

Sans un mot, ils s'arrêtèrent face à l'entrée de la niche. Les faisceaux de leur lampe perçaient les ténèbres devant eux et dévoilaient un long couloir sans fin, ravalé par la nuit plusieurs dizaines de mètres plus loin. Sur les côtés, entassés sans ménagement, d'innombrables objets en or se couraient après en formant des montagnes étincelantes, réfléchissant l'éclat de ces lumières qui osaient les réveiller de leur repos multiséculaire.

L'or perdu des Incas !

Luis n'en revenait toujours pas. Sous ses yeux, égarées au milieu d'une multitude de bijoux précieux, des dizaines de statuettes les observaient, eux, ces visiteurs venus d'un autre monde. Ces visiteurs venus d'un monde qui, bien loin au-dessus de ce couloir, ne s'était pas arrêté au seizième siècle…

L'or semblait couler des murs, perlant entre les failles que formait le puissant appareillage de pierres. Seul un petit chemin était resté libre au centre de cet amoncellement étincelant et, du pas le plus agile possible, le groupe avançait lentement, comme s'ils craignaient d'endommager le moindre de ces objets fantastiques.

À mesure qu'ils progressaient, les trésors surgissaient du néant sous la lumière de leur torche. Des amulettes somptueuses. Des masques d'or aux courbures magnifiques. Des bagues resplendissantes. Des colliers scintillants. Des diadèmes, incrustés d'innombrables pierres précieuses… Le couloir lui-même semblait taillé dans l'or le plus pur tant l'éclat du métal brillait autour d'eux.

Tous ces joyaux formaient ensemble de longues cascades raffinées qui venaient s'écouler, s'écraser contre leurs pieds dans un calme clinquant et, devant toute cette richesse, Luis avait véritablement l'impression de respirer de la poussière d'or.

— C'est... C'est incroyable, chuchota-t-il, les yeux sautant d'un endroit à l'autre.

C'était comme s'ils parcouraient un sanctuaire, inviolé depuis des siècles.

— On a réussi, murmura Eddy. On a réussi !

Ce dernier accéléra le pas et, bientôt, tous les quatre étaient en train de courir en s'enfonçant au plus profond de cette mine artificielle. Le trésor défilait à leurs côtés, disloqués en de vives ombres brillantes, elles-mêmes prises dans une course effrénée sous l'éclat des lampes tactiques.

Combien de mètres parcoururent-ils ainsi ? Cinquante ? Ou cinq-cents ? Impossible de le dire. La joie avait rempli leur être ; ils avaient oublié tout le reste, toutes les peines qu'ils avaient endurées jusqu'ici. Tous trois riaient de bon cœur sous le regard amusé du prêtre qui s'élançait à leur suite, mais Eddy s'arrêta subitement, fasciné.

Le couloir s'achevait à cet endroit.

Face à eux, une montagne d'objets resplendissants s'élevait jusqu'au plafond, mettant ainsi fin à l'étroit chemin qu'ils avaient suivi jusqu'alors. Toutes ces orfèvreries splendides s'entassaient là, au fond de ce couloir, mais personne n'aurait pu dire s'ils étaient bel et bien parvenus au bout.

Ils ne voyaient pas de mur.

Tout était masqué par ces précieux objets, ces parures raffinées, ces bijoux si richement décorés...

— Tu crois que la galerie continue ? demanda Eddy en ramassant un calice en argent.

Il le fit tourner dans ses mains, incrédule.

— Sans doute, répondit Stacy, émerveillée devant ces richesses scintillantes.

Pendant quelques minutes, chacun saisit un objet, le contemplait, puis le reposait pour l'échanger contre un autre, tout aussi fabuleux. Il y en avait tant, de toutes sortes et de toutes formes, qu'il était certainement impossible d'en rencontrer deux similaires.

— Si je puis me permettre, s'enquit le prêtre en retournant une pièce en or entre ses doigts, que comptez-vous faire de tout cela ?

Aucun des trois Américains ne répondit. La question qu'avait soulevée Stacy plus tôt dans la journée n'avait pas trouvé de réponse unanime pour l'heure, aussi Luis décida-t-il d'annoncer ce qui était sûr.

— Nous ferons valoir nos droits sur ce trésor, mais au vu des événements, vous pourrez en réclamer votre part. Sans vous, nous ne serions plus de ce monde.

Il lui adressa un regard reconnaissant, mais le prêtre secoua la tête.

— Je n'ai pas besoin de cette richesse.

À ces mots, un puissant bruit métallique résonna dans tout le couloir, faisant vibrer l'immense tas d'objets précieux autour d'eux.

Eddy venait de lâcher l'assiette en or qu'il tenait dans les mains et dévisageait le révérend, la bouche grande ouverte.

— Faites-en ce que vous voulez. La seule chose que je vous demande est de contribuer aux frais pour remettre la chapelle du Sacrement en état.

Luis échangea un regard avec Eddy, toujours aussi médusé.

— Cela va de soi, annonça finalement Luis. Vous avez ma parole.

Les trois amis et l'Espagnol continuèrent d'admirer le fantastique trésor qui s'étalait sous leurs yeux, simplement fascinés devant cette profusion irréelle. Ils ne se lassaient pas d'en ramasser les pièces, de les contempler, puis de les reposer pour en prendre d'autres, encore plus fabuleuses.

Enfin, après un temps que nul n'aurait su quantifier, ils se remirent en route et longèrent l'interminable couloir d'or en sens inverse. En débouchant sur la corniche qui couronnant la salle où avait eu lieu le conflit, Luis nota qu'il y avait trois autres galeries similaires à celle qu'ils venaient de parcourir. Mais Eddy le freina dans son élan.

— C'est tout vide, déplora-t-il. Enfin, en apparence en tous cas. On n'est pas allé jusqu'au bout.

En cherchant de quoi se défendre, Eddy et le prêtre avaient découvert ces galeries, mais ils ne s'y étaient pas aventurés.

Déçu par cette information et inquiet de ne pas octroyer trop de temps à leurs captifs sans surveillance, Luis renia sa soif d'explorer le tout et le groupe entier se dirigea vers l'escalier pour rejoindre la salle. Deux des agents avaient repris leurs esprits, ainsi que le traducteur. Les trois Américains et l'Espagnol s'apprêtaient à regagner le puits vertigineux pour remonter vers la chapelle, mais une voix désespérée les appela soudainement.

— ¡ Señor ! Ne me laissez pas avec ces bandits !

Ils se retournèrent, et Luis pointa sa lampe sur l'homme qui avait parlé. À moitié ébloui, Aldego Vancho le considéra d'un regard implorant, et l'Américain s'avança vers lui. Il remarqua que deux des agents fédéraux avaient aussi repris connaissance et le jaugeaient d'un œil mauvais.

— Nous remontons, annonça-t-il sèchement. Ne tentez pas de vous échapper, il n'y a qu'une issue. Des policiers vous y attendront.

Aldego répliqua.

— Je ne veux pas rester ici !

Luis sentit la colère s'emparer de lui et approcha son visage du sien.

— Espèce de lâche ! Vous avez essayé de me tuer pour sauver votre peau ! Vous croyez que je vais vous laisser filer ?!

Il s'écarta du traducteur et revint en arrière, tout près des deux cierges encore allumés. D'un coup de pied, il envoya le premier voler contre le mur.

— Votre place est ici ! s'écria Luis en se dirigeant vers la seconde bougie. Avec les criminels !

— ¡ Señor Luis ! reprit Aldego, implorant. Je n'ai jamais voulu vous tuer !

Un voile de terreur se dressait devant son visage baigné de sueur.

— Je voulais seulement vous effrayer ! Pour que vous m'obéissiez !

Luis le regardait, impassible. Il lui semblait encore sentir le sang chaud couler par la petite entaille, sur sa gorge.

— Vous vouliez que l'on passe devant vous… répondit Luis. Vous voilà servi !

À peine eut-il fini sa phrase qu'il donna un puissant coup de pied dans la seconde bougie, arrachant un cri d'effroi au traducteur. Seules les lampes du FBI que tenaient Stacy, Eddy et le prêtre près de la porte éclairaient la salle, projetant la silhouette de Luis en trois ombres franches sur le mur du fond.

Malgré les suppliques d'Aldego, le New-Yorkais fit volte-face et retourna vers ses amis, impassible. Puis, tout à coup, il se figea, arrêté net par une impression.

— Quelque chose ne va pas ? s'inquiéta Stacy.

Luis tendit une main devant lui, signalant de ne plus faire un bruit et, après quelques secondes, répondit en chuchotant :

— J'ai cru entendre autre chose.

Ses amis écoutèrent à leur tour attentivement, mais seul le traducteur continuait de hurler dans la salle jusqu'à s'en casser la voix.

— Ne m'abandonnez pas ! ¡ *Por favor* !

— Ta gueule ! s'exclama Luis en gardant la main levée en signe de silence.

Enfin, ils entendirent une autre voix.

— Tu me le payeras !

Luis fit volte-face et pointa le faisceau de sa lampe en plein sur le visage de Chris. Celui-ci plissa des yeux sous l'aveuglante lumière et répéta sa menace, plein de haine.

— Tu me le payeras !

Parfaitement indifférent, Luis fixa cet homme qui semblait si pitoyable, ainsi ligoté et couché à même le sol, les jambes nues. Stacy s'avança alors d'un pas résolu vers son mari et s'arrêta juste devant lui.

— Non, Chris. C'est fini !

Elle l'observa encore quelques secondes, le regard plein de rage.

— Tout est terminé !

Finalement, elle lui asséna un énergique coup de pied en plein visage, et Chris hurla sous le choc. Il y eut un petit craquement sec, puis un filet de sang lui coula sous le nez, glissant lentement le long de son visage où les muscles se relâchaient à nouveau. Alors, Stacy éclata en larmes et revint vers ses amis d'un pas saccadé sans regarder derrière elle.

CHAPITRE 12

Depuis quelques jours, toute la planète avait les yeux rivés sur Séville. La découverte de l'un des plus grands trésors de l'histoire n'était pas passée inaperçue, et les médias américains se gardaient bien de toute modestie pour vanter les exploits des trois citoyens new-yorkais. Dès l'officialisation de leur succès, pas un seul journal n'était sorti de presse sans que leur nom n'y figure. Tous trois s'étaient d'ailleurs battus bec et ongles pour donner leur part de gloire aux personnes ayant contribué à la réussite de leur quête : Isis, Pedro et le prêtre sévillan. Malheureusement, les petits acteurs n'avaient pas leur place au sein de l'actualité internationale, et l'importance de leur rôle fut bien souvent réduite à une discrète allusion, voire tout simplement supprimée.

Un soleil resplendissant brillait sur New York ce jour-ci, étirant sur Manhattan les ombres élancées des plus hauts gratte-ciels de la ville. Au cœur de cette immensité de béton et de verre, *Central Park* se détachait en cette journée d'automne comme une oasis de feu au milieu du découpage si régulier des rues et avenues. Rassemblés sous le feuillage orangé d'un vieux chêne, les trois amis se prélassaient confortablement sur un banc, débattant joyeusement de tout ce déluge médiatique dont ils étaient à l'origine. Dans les mains d'Eddy, la manchette du *New York Times* titrait : *Sainte-Anne, musée de la culture inca ?* Sous les gros caractères, une photo dévoilait l'impressionnant puits circulaire qui plongeait sous la chapelle du Sacrement. Les membres de la paroisse Sainte-Anne s'étaient concertés et avaient déjà pris la décision de transformer les souterrains secrets en un lieu culturel. Une initiative saluée par Luis, Stacy et Eddy.

— Ils ont encore du boulot ! s'exclama Stacy.

Elle s'était depuis remise des horribles révélations de Chris, soutenue avec compassion par ses deux amis. À ce jour, l'unique séquelle qui continuait de l'importuner était la fracture de son bras qui se retrouvait solidement emballé dans un plâtre. Malgré ce handicap, elle conservait en tout temps un sourire charmant et allègre. En fait, ce n'était pas seulement son corps qui semblait détendu : son esprit entier s'animait réellement d'une nouvelle énergie.

Elle précisa :

— Ces souterrains sont immenses, et surtout, ils sont très vieux !

— Ça, c'est sûr ! répondit Eddy en décortiquant une châtaigne grillée.

Des trois amis, c'était sans nul doute celui qui avait le moins souffert de leur aventure, tant physiquement que mentalement. Il avait pourtant joué malgré lui un rôle essentiel dans la quête, mais lorsqu'ils en parlaient, il refusait les éloges qui lui étaient adressés et minimisait avec modestie son influence. Fidèlement animé d'une simplicité de vie, il n'avait pas résisté à l'alléchante odeur d'un marchand de châtaignes à leur arrivée dans *Central Park* et savourait leur goût autant que l'éclat des rayons réconfortants du soleil.

— Ça va être énorme comme projet ! déclara-t-il. Faut tout remettre en état, sécuriser, mettre aux normes et tout ça ! Ça va coûter une blinde !

— Sans aucun doute, répondit Luis en piquant une châtaigne à son ami.

Lui aussi ne paraissait pas tant affecté physiquement par les nombreux coups qu'il avait reçus lors de l'affrontement à Triana. Sa stature solide et un peu de repos avaient vite résorbé les hématomes qui avaient surgi sur son corps. Seules quelques démangeaisons lui rappelaient que ces événements n'étaient pas si lointains, et sa plus grande douleur était alors de voir Stacy encore lésée par son bras cassé.

— J'imagine que les initiateurs du projet vont lancer une campagne de financement, annonça-t-il. Et très honnêtement, je serais ravi d'y contribuer ! Nous n'avons pas reçu d'évaluation sur la valeur du trésor, mais c'est certain que j'en donnerai une part pour ce magnifique projet !

Stacy lui répondit d'un sourire.

— Ces joyaux représentent un livre ouvert pour les historiens ! poursuivit l'ancien policier. Leur découverte va sans doute permettre de mieux comprendre le commerce inca ou les rites religieux au sein de leur empire. C'est un trésor inestimable d'un point de vue culturel !

— N'empêche, reprit Stacy, je ne peux m'empêcher de me demander si tout était là… Vous avez vu ces trois autres galeries complètement vides ?

Les trois couloirs qu'ils n'avaient pas visités lors de leur découverte s'étaient effectivement révélés parfaitement vides, et les trois amis ne cessaient de s'interroger sur la raison de cet état. Eddy supposait qu'une partie de l'or avait été utilisée, mais Luis n'était pas du même avis et suggérait que la taille du trésor avait été surestimée par l'empereur du Saint-Empire au moment de la création du souterrain.

— Ce qui est sûr, c'est que Triana aurait pu accueillir au moins trois fois plus de joyaux que ce qu'on a vu !

Eddy rigola et s'affala contre le dossier du banc, glissant les mains derrière sa tête en fermant les yeux.

— C'est sûr ! reconnut-il en savourant le rayon de soleil qui perçait à travers les branchages du chêne. Mais bon, même si la vie à crédit est plutôt agréable quand t'as quelques millions assurés derrière, j'ai quand même hâte de savoir exactement combien on va recevoir !

Stacy et Luis éclatèrent de rire.

— Tu changeras jamais, Ed !

— Évidemment ! reprit ce dernier en fixant Luis. Faut que je sache comment je peux vivre, mon vieux ! D'ailleurs, à ce propos, t'as eu des nouvelles pour ton boulot ?

Luis secoua la tête.

— La procédure suit son cours. J'ai manqué à mon devoir, ça ne pardonne pas. Surtout dans une fonction aussi importante pour la sécurité.

Il échangea un regard attristé avec Stacy. Celle-ci suivait la situation de très près puisque, depuis leur retour, elle s'était installée chez Luis.

— Pour l'instant, je n'ai pas réintégré mon poste, mais tous mes collègues m'envoient des messages de remerciements et m'assurent qu'ils adoreraient travailler aux côtés d'une célébrité.

— Te remercier ? s'étonna Eddy. Avec ce que t'as fait ?

Luis acquiesça.

— Grâce aux aveux de Chris, je suis déculpabilisé de ces histoires qu'il a inventées, et l'enquête sur George Cooper a été rouverte.

Eddy se tourna vers Stacy et vit alors ses yeux s'embrumer.

— La mort de mon père est toujours restée un mystère, annonça Stacy, la voix cassée par l'émotion.

— La justice tient enfin le criminel, continua Luis. On comprend que le dossier n'ait jamais abouti puisque toute l'affaire a été menée et falsifiée par le meurtrier lui-même !

Un court, mais lourd silence s'installa sous les feuilles remuantes du vieil arbre, bercées par une légère brise, puis Stacy fut subitement renversée par les larmes.

— J'arrive toujours pas à croire que Chris ait pu faire ça !

Elle laissa échapper de gros sanglots, gagnée à la fois par la tristesse et la rage. Luis passa un bras derrière ses épaules et la serra contre lui.

— Tout ça est fini, maintenant.

Elle s'essuya les yeux d'un mouvement.

— Bientôt, il paiera pour tout ce qu'il a fait, dit Luis.

Eddy énuméra les crimes sur ses doigts.

— Menace, escroquerie, violence publique et conjugale, meurtre, séquestration, abus de pouvoir et de fonction, falsification de dossiers judiciaires… Il a choisi le pack promo !

À ces mots, Stacy sourit timidement et releva la tête.

— T'as raison, Ed. Vaut mieux en rire qu'en pleurer. N'empêche…

Elle renifla discrètement.

— J'arrive toujours pas à réaliser que j'ai gaspillé cinq ans de ma vie avec ce salaud !

Luis perçut à nouveau la haine dans son regard, mais Eddy intervint.

— On dit que l'amour rend aveugle…

Stacy secoua la tête.

— Je ne crois pas l'avoir aimé un seul jour de ma vie, répondit-elle. Enfin… Au début, peut-être, je sais pas. Il n'était pas désagréable, même s'il n'a jamais été très attentif à moi. Ça a toujours été un gros bosseur. Mais, depuis que mon père…

Elle s'arrêta subitement et avala sa salive, les yeux rivés sur Luis.

— Peu importe ! De toute façon, ça n'a rien à voir avec ce que je ressens pour Luis.

Elle fit un grand sourire et se blottit contre lui, pressant sa main dans la sienne. Luis la serra un peu plus et l'embrassa sur le front sous le regard réjoui d'Eddy.

— Vous avez vu que les autres agents du FBI allaient sûrement être relâchés ? demanda ce dernier après quelque temps.

— Oui, répondit Luis. Au fond, ces hommes n'ont sans doute rien à voir avec la supercherie que Chris a monté. Ils étaient en mission et ont obéi à leur chef, ils ne faisaient que leur boulot. Ce n'est pas leur faute si Chris a pété les plombs.

— Ils étaient quand même à deux doigts de vous tirer dessus ! fit remarquer Eddy. Sans mon aide…

— Et surtout ce Mitch ! s'exclama Stacy en se redressant. Son comportement a clairement dépassé sa posture professionnelle ! Je suis sûr qu'il doit partager quelques convictions avec Chris !

Luis acquiesça en silence en songeant aux horribles insultes que lui avait adressées le mari de Stacy.

— Quant au traducteur…

Eddy fronça les sourcils.

— Tu maintiens toujours la plainte ? lui demanda-t-il. Aldego a fini par reconnaître qu'il avait exagéré, on pourrait…

— Non, il sera jugé lui aussi ! répliqua Luis en levant le menton, mettant en évidence la petite cicatrice qui traversait sa gorge. Il n'a rien reconnu du tout, il voulait juste être en sécurité ! Cet homme a perdu tous ses moyens à l'arrivée du FBI, mais crois-moi : si nous étions restés seuls, Aldego serait allé jusqu'au bout de ses menaces et on serait peut-être tous morts à l'heure qu'il est !

— Oui, confirma Stacy, ses intentions étaient claires. Il était prêt à tout pour récupérer ce trésor. Si tu avais vu son regard…

Elle fut parcourue d'un frisson.

— Possible, dit finalement Eddy. Heureusement, ils sont tous derrière les barreaux maintenant !

Il se laissa retomber contre le dossier et ferma les yeux un instant, comme pour mieux savourer encore cette évidence. Stacy l'observa quelques secondes avant de poursuivre.

— N'empêche, je me réjouis pas de devoir participer à leur procès, surtout celui de Chris…

Son regard se perdit quelque part devant elle, et une expression dégoûtée creusa son visage.

— Ce mec est abject !

Ses yeux s'humidifièrent, mais Luis lui serra la main.

— T'inquiète pas, Chris ne peut pas gagner. Il a ouvertement avoué ses crimes devant plusieurs témoins.

Un timide sourire se dessina sur ses lèvres lorsqu'elle repensa aux différentes personnes qui se trouvaient dans la sombre salle du puits de Triana.

— Mais il a de l'argent ! répliqua-t-elle, sur la défensive.

Sa voix se brisa et elle retint un sanglot.

— Il peut se payer les meilleurs avocats !

— Alors, nous prendrons les meilleurs des meilleurs, dit Luis d'un air rayonnant.

Stacy sourit.

— C'est vrai... J'ai pas encore l'habitude d'être millionnaire !

— Te fais pas de souci, déclara Eddy. Ça viendra vite !

Stacy et Luis se tournèrent vers lui.

Les mains croisées sur le ventre, yeux fermés, il s'était laissé glisser sur le banc à tel point qu'il était presque couché. Il semblait avoir trouvé là le summum du confort et profitait du rayon de soleil qui lui chauffait le visage à travers le feuillage. Le petit sac en papier où se trouvaient les châtaignes grillées un peu plus tôt se trouvait roulé en boule à ses pieds, victime de la gourmandise du grand homme.

Stacy et Luis l'observèrent un moment, amusés par la posture de leur ami.

— N'empêche, je dois quand même reconnaître que New York me manquait ! C'est cool de voyager, mais je préfère avoir mes marques.

Luis l'écoutait attentivement et jeta un regard entendu à Stacy.

— C'est cool de partir comme ça, découvrir des endroits... Chercher un trésor !

Eddy rouvrit les yeux.

— Mais je préfère rester posé quelque part, vous voyez ?

Ses deux amis acquiescèrent en silence, mais Luis sentit son propre cœur s'accélérer.

Plus tôt dans la semaine, il s'était posé la question. Qu'avait donc pensé Eddy de ce voyage ? Comment l'avait-il vécu ? Lui-même en avait longuement discuté avec Stacy, et ils s'étaient tous les deux entendus sur un point. Eddy était-il du même avis ?

Je dois le lui demander !

Eddy reprit.

— Mais cette aventure m'a fait du bien ! Je sais que j'ai pas toujours été très cool, mais, dans le fond, ça m'a permis de changer d'air. D'ailleurs, toute ma vie va changer maintenant !

Un immense sourire se dessina sur son visage, et Luis imaginait très bien qu'il devait se remémorer les merveilleux objets découverts sous l'église Sainte-Anne ou se projeter sur une plage de sable fin, délicieusement couché sur une chaise longue. Luis se pencha alors un peu vers lui et, le regard pétillant d'excitation, lui demanda :

— Serais-tu prêt à recommencer ?

— Hein ?! s'exclama Eddy en écarquillant les yeux.

— Serais-tu prêt à quitter à nouveau ton confort pour partir au bout du monde ?

Il dévisagea Luis, cherchant par moment une réponse dans l'expression de Stacy, mais elle aussi le fixait impatiemment, une lueur de folie dans les pupilles. Après une bonne minute, Eddy se détourna et baissa la tête.

— Et bien... Je ne sais pas.

Il sentait sur lui la pression de leur regard, mais il n'y avait qu'une chose dont il était certain.

— Maintenant que j'ai du fric, reprit-il d'un ton joyeux, un petit séjour sous les cocotiers n'est pas exclu.

— Et si l'aventure devait t'appeler à nouveau ? s'empressa de demander Luis.

Son cœur s'accéléra encore.

— Dans l'immédiat, non, mais...

Eddy réfléchit un moment, les yeux perdus dans le parc, droit devant eux. Finalement, il se réinstalla sur le banc, droit et fier, et leur fit face, un sourire sur les lèvres.

— Un jour, peut-être. Pourquoi pas !

Luis et Stacy échangèrent un regard, partageant une fois de plus une complicité audacieuse.

Remerciements

Je tiens à remercier toutes les personnes qui m'ont soutenu dans ce projet d'écriture, ainsi que toutes celles qui y ont contribué en conseils, lectures, corrections et autres démarches visant à pousser cet ouvrage vers sa publication. Je ne les citerai pas individuellement, mais elles sauront se reconnaître en lisant ces dernières lignes.